AF281199

Friederike Steiner

LORENZ
und die Frauen

Bibliografische Information der Deutschen Nationalbibliothek

Die Deutsche Nationalbibliothek verzeichnet diese Publikation in der Deutschen Nationalbibliografie, detaillierte bibliografische Daten sind im Internet über http://dnb.d-nb.de abrufbar.

Impressum:

© 2008 Friederike Steiner

Herstellung und Verlag: Books on Demand GmbH, Norderstedt

Umschlaggestaltung, Satz und Layout: B. und G. Haber, CBSC

Coverbild: Maurice DENIS „Die Musen oder Im Park 1893",

© VBK, Wien, 2008.

ISBN: 978-3-8370-2744-0

Kreative Männer sind oft stolz auf ihre Muse;
Frauen geben seltener die Quelle ihrer Fantasie preis.
Lieber L. –
ich widme dir dieses Buch,
denn ohne Inspiration durch dich
hätte ich es nie geschrieben.
Danke.
F.

1. MAGDALENA

DAS LEBEN SPÜREN, DAS IST DAS WICHTIGSTE.

Seit Stunden hatte es ohne Unterlass geregnet. Schon in der Nacht waren schwere Wolkengüsse hernieder geprasselt, und der Morgen brachte weitere Wasserfluten ohne Ende. Eigentlich hatte Lorenz vorgehabt, noch einen Tag in der Stadt, die er wegen einer Messe besucht hatte, zu verbringen, aber das nasse Wetter veranlasste ihn vorzeitig die Heimreise anzutreten. Nun saß er schon sehr lange hinter dem Lenkrad, das monotone Hin und Her des Scheibenwischers auf der Windschutzscheibe wirkte in seiner Gleichmäßigkeit wie das einschläfernde Ticken einer Uhr. Das viele Wasser auf der Straße machte schnelles Fahren unmöglich, und so bog Lorenz bei der nächsten Gelegenheit von der Autobahn ab und fuhr auf der Bundesstraße weiter.

Plötzlich, als ob ein Schalter abgedreht worden wäre, hörte der Regen auf, der Scheibenwischer quietschte und ratterte über die trockene Scheibe und war überflüssig geworden. Ein grauer Himmel hing über der Landschaft, die zwar frisch gewaschen wirkte, der aber die Buntheit des Lichtes fehlte. Lorenz fühlte Müdigkeit in sich aufsteigen und beschloss eine Pause einzulegen und einen Kaffee zu trinken. Beim nächsten Landgasthaus, das von weitem mit einem Schild einlud, hielt er an, doch es hatte geschlossen, wegen Urlaubes, wie ein Zettel an der Tür verkündete. Da er nun schon aus dem Auto gestiegen war, wollte er sich ein wenig die Beine vertreten und frische Luft tanken, und so spazierte er in die Landschaft hinein, dorthin, wo üppige Baumgruppen mit viel Grün lockten. Ein idyllischer Weg führte einen Fluss entlang, Bäume und Sträucher säumten das Ufer, Regen tropfte noch aus dem Geäst, Zweige hingen bis in das Flussbett hinunter. Lorenz gefiel diese Stimmung nach dem Regen. Kleine weiße Dunstwölkchen kräuselten sich am Hang gegenüber, das Licht wurde heller. Die Natur seufzte in Wohlbehagen, sie hatte sich satt getrunken und war nun wieder für die Hitze der Sonnenstrahlen bereit. Der von den langen Regenfällen angeschwollene Fluss führte viel schmutzigbraunes Wasser, das schnell strömend dahin zog.

Er ging eine Weile mit ausholenden Schritten dahin und hing seinen Gedanken nach. Das Gehen tat ihm gut, er fühlte, dass die Müdigkeit von ihm abfiel, er war wieder frisch und zum Weiterfahren bereit. Schon wollte er umkehren, da bemerkte er etwas Außergewöhnliches in dieser menschenleeren Landschaft. Ein kleines Stückchen weiter, nach einer leichten Biegung des Flusses, sah er, durch die Zweige der Bäume noch verdeckt, aber unverkennbar, eine helle Gestalt auf einer Brücke über dem Hochwasser führenden Fluss. Neugierig näherte sich Lorenz der Brücke. Eine weiß gekleidete Frau, deren Gewand vor Nässe am Körper klebte, ging mit unruhigen Schritten auf der

Brücke auf und ab, stand dann eine Weile still und nahm ihre ruhelose Wanderung wieder auf. Plötzlich sah Lorenz, wie die Frau versuchte das Geländer zu erklimmen, aber doch davon abließ, ein paar Schritte zurückging, sich dann wieder dem Geländer näherte und daran festhielt.

„Eine Selbstmörderin", durchzuckte es ihn, und mit raschen Schritten, ohne weiter nachzudenken, eilte er zu der Frau auf der Brücke. „Was machen Sie da?", fragte er sie atemlos, und an ihren weit aufgerissenen Augen, ihrem leeren Blick, ihrer geistigen Abwesenheit und an den fahrigen Bewegungen ihres Körpers sah er, dass er die Situation richtig eingeschätzt hatte. Als sie nicht antwortete, näherte er sich vorsichtig und berührte sie behutsam am Arm, aber sie schüttelte ihn unwillig ab und sagte mit tonloser Stimme: „Das geht Sie gar nichts an, lassen Sie mich in Ruhe." Und als ob sie eine endgültige Entscheidung getroffen und all ihre Kraft zusammengenommen hätte, wandte sie sich Richtung Geländer und setzte an zum Sprung hinab in diese braunen, gurgelnden Wassermassen. Zum Glück war Lorenz ein kräftiger, durchtrainierter Mann, dennoch hatte er zu tun, um diese junge Frau, die offensichtlich in ihrer Verzweiflung all ihre Kräfte mobilisiert hatte, festzuhalten. Es wurde ein Kampf, ein Ringen um das Leben dieser Frau. Ein zerrissener Kleider-ärmel, abgerissene Hemdknöpfe, ein vom Hoch-wasser hinweggeschwemmter Frauenschuh, sogar ein Büschel Haare von Lorenz' Kopf kostete dieses Kräftemessen.

Schließlich hörte sie auf zu toben und wirkte plötzlich geknickt und kraftlos. Sie ließ sich ohne Widerstand festhalten. Apathisch stand sie nun neben ihm. Ihre Kleidung war vom Regen total durchnässt, die Haare klebten ihr strähnig im Gesicht. Lorenz zog seine Jacke aus und legte sie ihr um die Schultern. „Kommen Sie, ich bringe Sie nach Hause, wir müssen nur ein Stück zu Fuß gehen, da vorne steht dann mein Auto." Er fasste sie vorsichtig am Ellbogen, und nachdem sie den zweiten Schuh weit von sich geschleudert hatte, ging sie nun barfuß und folgsam neben ihm her.

Große Worte waren nie eine Sache für Lorenz gewesen, und so schritten sie beide wortlos dahin, nur den Druck seines stützenden Armes, mit dem er ihr Halt geben wollte, verstärkte er fallweise, wenn er das Gefühl hatte ihre Erschöpfung nehme zu. Als sie schließlich im Auto saßen, fragte er sie, wohin er fahren solle, ob da eine Familie, Mutter, Freundin, Schwester oder sonst wer sei, zu dem er sie bringen könne. Aber sie schüttelte nur den Kopf und sagte, da sei niemand. Sie wolle nach Hause, sagte sie mit leiser Stimme und beschrieb ihm den Weg. Der Schlüssel zur Wohnung liege unter der Fußmatte, sagte sie, und Lorenz sperrte die Tür auf. Regungslos blieb sie im Vorzimmer stehen. „Als Erstes müssen Sie Ihre nassen Kleider ausziehen und sich unter die heiße Dusche stellen, sonst holen Sie sich noch den Tod", fiel Lorenz als Einziges ein, was er zu sagen wusste. Im gleichen Augenblick wurde ihm die Lächerlichkeit dieses Satzes bewusst, und er biss sich auf die Lippen.

Folgsam ging sie ins Badezimmer, und bald hörte er das Wasser der Dusche rauschen.

Lorenz war ziemlich ratlos. Was sollte er machen? Er konnte die Frau doch nicht alleine lassen, vielleicht wartete sie mit der nächsten Verzweiflungstat nur bis er fort war? Aber was sollte er hier? Wie lange konnte er auf sie aufpassen? War das nicht Sache eines Arztes oder eines Priesters? Wer war denn für so etwas zuständig?

Das Wasser im Badezimmer verstummte. „Ich mache Ihnen etwas Heißes zu trinken", rief er in Richtung Badezimmer, noch bevor er das Surren des Föhns vernahm und ging in die Küche. Ein heißer Tee müsse wohl das Richtige sein, dachte er, stellte Wasser auf und fand auch Tee, sogar ein Fläschchen mit Rum stand auf einem Küchenbord. Als er fertig war und Teekanne, Tassen und alles was dazu gehörte auf einem kleinen Tisch im Wohnzimmer platziert hatte, kam die Frau, in einen flauschigen Bademantel gehüllt, aus dem Badezimmer.

Nun sah er erst, wie hübsch sie war. Sie mochte etwa Anfang zwanzig sein, ihre makellose, alabasterfarbene Haut hatte nun auf den Wangen einen leichten Hauch von Rosa, von Wärme und Leben. Die blonden Haare fielen leicht gewellt bis zum Kinn und säumten ein ebenmäßiges Gesicht. Das dunkle Blau ihrer Augen wetteiferte mit dem Blau ihres Bademantels. Sie musste die Bewunderung in seinen Augen gelesen haben, denn ein leichter Anflug von einem Lächeln huschte über ihr trauriges Gesicht.

„Darf ich mich endlich vorstellen? Mein Name ist Lorenz Bichler", sagte er dann, indem er aufstand und sich ein wenig verbeugte. „Es war bisher noch keine passende Gelegenheit dazu, aber vielleicht sollten wir uns doch ein wenig kennen lernen, nachdem uns das Schicksal nun einmal zusammengeführt hat." Sie nickte leicht und nannte Magdalena als ihren Namen, der Rest sei am Türschild nachzulesen. Dann versank sie wieder zurück in ihr Schweigen. „Da bin ich ja gerade rechtzeitig vorbeigekommen, es wäre schade um eine so bezaubernde Frau, wie Sie es sind", versuchte Lorenz das Gespräch weiterzuführen, aber mit abweisendem Blick gab sie leise zurück: „Vielleicht sollten Sie sich mehr um Ihre eigenen Angelegenheiten kümmern." – „Aber es ist doch wohl auch meine Angelegenheit, wenn ich sehe, dass ein Mensch in Not ist", sagte nun Lorenz mit entschiedener Stimme.

Schweigend tranken sie Tee. Magdalena rührte und rührte in ihrer Tasse, hielt sie dann mit beiden Händen umschlungen, wie um sich anzuwärmen oder sich festzuhalten und trank langsam Schluck für Schluck. Als die Tasse leer getrunken war, ließ sie sich wieder nachschenken und die Zeremonie des Rührens, Haltens, langsamen Nippens fing von vorne an, bis sie dann ihre Hände, wie ausruhend, auf den Tisch legte und stumm vor sich hinsah. Alle Versuche von Lorenz ein Gespräch in Gang zu bringen endeten mit jeweils einem einzigen kurzen

Satz von Magdalena. Das Schweigen wurde unerträglich für Lorenz. Da legte er plötzlich impulsiv und kräftig seine Hand auf die ihre, heftete seinen Blick ganz tief in ihre Augen, ließ ihren Blick nicht mehr los und fragte ein betontes, eindringliches „Warum?“ Sie zuckte wie unter einem Schlag zusammen und er setzte nach: „Warum will so eine wunderschöne, junge Frau ihr Leben wegwerfen? Ich kann mir nichts vorstellen, was so etwas verursachen könnte.“ Dann machte er eine lange Pause und mit leiser Stimme fuhr er fort: „Ich selbst habe die Frau, die ich am allermeisten geliebt habe auf der Welt, an den Tod verloren. Dabei hat sie so gerne gelebt. Ich kann mir nicht vorstellen, dass jemand freiwillig sein Leben wegwirft, noch dazu, wenn er so jung ist. Sie müssten doch mit Lust in dieser Welt leben und Sie müssten das Gefühl haben, dass die Sonne jeden Tag nur für Sie aufgeht.“

„Nein, es gab nur mehr Nacht. Alles, worauf ich in den letzten Jahren gehofft und gewartet hatte, war plötzlich verloren, mein Leben ist ganz einfach sinnlos geworden“, antwortete Magdalena, und dann fing sie zu weinen an. ‚Weinen ist gut‘, dachte Lorenz, ‚weinen ist eine Schleuse, die geöffnet wird, da wird etwas herausgeschwemmt, weinen befreit, das heilt und hilft.‘ Er rückte seinen Sessel ganz nah zu ihrem, sie lehnte sich an seine Schulter und schluchzte, und er tätschelte ihr leicht den Rücken wie einem Kind, das man besänftigen will, wenn es sich wehgetan hat. Irgendwann wurde dann das kräftige Schluchzen leiser und auch die Tränen versiegten, und Magdalena rückte wieder ein Stück von Lorenz weg. Nach einem langen Schweigen fing sie plötzlich an ihre Geschichte zu erzählen. Zuerst sprach sie mit tonloser Stimme, als ob sie ganz leise etwas vorlesen würde, einen Bericht aus einem fremden Leben, das sie gar nichts anging, und erst allmählich kamen lebhaftere Töne in ihre Erzählung.

Etwas über 17 Jahre war sie gewesen, als der Mann ihres Lebens ihren Weg kreuzte, nein, nicht nur kreuzte, sondern so absolut da war, dass nichts anderes mehr daneben Platz hatte. Sie wohnte damals noch bei ihren Eltern in einem kleinen Dorf und besuchte die Handelsakademie im nächsten Städtchen. Ihr Taschengeld verdiente sie damit, dass sie auf zwei Kinder im Vorschulalter in der Nachbarschaft aufpasste. Das Ehepaar mit den beiden Kindern war erst kurz zuvor in das Dorf gezogen und war sehr froh, dass es jemanden gefunden hatte, der sich fallweise um die Kinder kümmerte. Sie fühlte sich sehr wohl bei der jungen Familie, und so kam es, dass sie immer öfters dort war, besonders als dann die Ferien kamen und sie viel Zeit hatte. Die Frau war sehr nett, und man konnte gut mit ihr reden, mit den Kindern hatte sie viel Spaß. Im Umgang mit dem Mann war von Anfang an eine Scheu von beiden Seiten. Magdalena war immer sehr befangen, wenn Michael in ihre Nähe kam. Er war ein Mann, der ihr das Atmen schwer machte, er war ganz einfach umwerfend – groß, mit starken Schultern und kräftigen Armen, blond, mit blauen Augen und einer von der Sonne gebräunten Haut. Michael war sehr zurückhaltend, irgendwie mied er ihre Nähe, und nie ergab sich ein fröhliches unbeschwertes Gespräch, immer war da eine Spannung zwischen ihnen, die sie beide sofort wortkarg werden ließ, auch wenn vor seinem Erscheinen im Haus eine ausgelassene Stimmung geherrscht hatte. Lange Zeit gingen sie einander aus dem Weg. Einmal bemerkte sie, wie sein eindringlicher Blick auf ihr lag, ein intensiver, verwirrender Blick, und ihr wurde ganz wunderlich ums Herz und ihr Puls fing an zu toben. Irgendwann dann später merkte sie, dass seine Hände zitterten, wenn er ihr etwas reichte. Die Situation wurde immer schwieriger. Sie errötete, wenn er das Zimmer betrat, er hatte eine belegte Stimme, wenn er das Wort an sie richtete. Eine lange Zeit der Verwirrungen folgte. Fast unerträglich war manchmal diese Spannung zwischen ihnen. Meistens hielt er sich fern von ihr. Und doch spürte sie, dass es ihn zu ihr hinzog, dass er das Gleiche empfand wie sie. Wochenlang hielt dieser Zustand an. Bis dann dieser Nachmittag kam.

Die Frau war mit den Kindern zu einem Kindertheater gefahren. Magdalena hatte nur noch etwas Ordnung im Kinderzimmer gemacht und wollte soeben gehen. Da stand plötzlich Michael vor ihr und sah sie an. Verwirrt senkte sie den Blick und merkte, wie ihr die Röte in die Wangen stieg. Ihr Herz klopfte wie rasend. Es dauerte eine ganze Weile, bis sie sich gefasst hatte, und schließlich brachte sie ein mühsames „Ich werde jetzt gehen" heraus. „Magdalena", sagte da Michael mit einer ganz neuen, warmen Stimme, „Magdalena, geh nicht weg, wir können nicht voreinander davon laufen. Ich sehe ja, dass es dir genauso geht wie mir. Wochenlang habe ich versucht mir das auszureden, aber dieser Wunsch, dich in meine Arme zu nehmen, wird immer größer und beherrscht mich mittlerweile ganz. Ich wünsche mir nichts so sehr wie dich zu spüren." Und er legte seine Arme um sie, zog sie an sich und küsste sie. Das war dann, als ob irgendwer elektrischen Strom eingeschaltet hätte, der durch sie hindurch floss und sie verschmelzen ließ.

Und er hob sie hoch mit seinen kräftigen Armen, und er trug sie in das Bett ins Nebenzimmer, in dieses große Bett, in dem man so viel Glück finden kann, wie es gar nicht auszudenken ist, und er trug sie hinein in ein neues Leben, und das alte ließ sie hinter sich ohne zurückzublicken.

Was dann folgte, war nur sehr schwer zu erzählen, zuerst ein unbeschreibliches Glück, wochenlange Seligkeit, gepaart mit Bitternis, Heimlichkeiten, Lügen, schlechtem Gewissen und dann der Eklat, als ihr Verhältnis aufgedeckt wurde. In dem kleinen Dorf, in dem jeder jeden kannte, wurde es Tagesgespräch, wurde breitgetreten, kommentiert, verurteilt, Magdalena wurde beschimpft und verdammt. Aber nichts konnte ihre Liebe zerstören. Sie versuchten Schluss zu machen, hielten es kurz durch, aber es gelang ihnen nicht, es zog sie zueinander hin, nichts half, keine guten Vorsätze, kein schlechtes Gewissen, nicht die Schläge, die Magdalena von ihrem Vater bekam, nicht das Ins-Gewissen-Reden der Mutter und auch nicht die rotgeweinten Augen der Ehefrau von Michael. Im Gegenteil, sie waren einander total verfallen.

Schließlich wurde Magdalena von ihren Eltern von zu Hause weggeschickt. Sie zog zu einer Tante in dem Städtchen, in dem sie die Schule besuchte, wurde streng unter Aufsicht gehalten und hatte kaum mehr Gelegenheit, Michael zu sehen. Und doch war in ihrem Kopf nichts anderes als er. Irgendwann gelang ihnen doch ein heimliches Treffen. „Ich halte dieses Leben nicht aus", sagte Michael, „doch ich kann meine Kinder nicht verlassen, ich fühle mich für sie verantwortlich, ich werde sie großziehen. Aber dich werde ich immer lieben, von dir werde ich nie loskommen." Ein halbes Jahr später wanderte er mit seiner Familie nach Kanada aus. Sein Bruder, der schon einige Zeit dort lebte, hatte eine Stelle für ihn gefunden, und alle hielten es für das Beste, wenn eine große Distanz zwischen ihm und Magdalena geschaffen wurde. Vor seiner Abreise sahen sie sich noch einmal. „Ich weiß nicht, was das Leben für uns bringen wird, ich weiß nur, dass du immer das Wichtigste in meinem Leben sein wirst, dass meine Liebe zu dir nie aufhören wird. Wenn meine Kinder groß sind, werde ich wiederkommen, und ich werde dich finden, egal wo du bist. Meiner Liebe traue ich zu, dass sie anhält, aber du bist nicht verpflichtet auf mich zu warten."

Natürlich wartete sie auf ihn. Es gab nichts, was sie wirklich interessierte. Sie schloss die Schule ab, arbeitete dann in einer Bank, zog in eine eigene kleine Wohnung, ging hin und wieder mit Kollegen weg, aber nichts bedeutete ihr besonders viel. Sie lebte gar nicht in der Gegenwart, alles war nur das Warten auf die Zukunft. Was waren schon zehn Jahre oder ein bisschen mehr, wenn danach das große Glück wartete? Sie hatte Zeit, denn sie wusste, dass es sich lohnte auf das wirkliche Leben zu warten.

Drei Jahre nach seiner Abreise hatte Michael geschäftlich in Österreich zu tun, und sie sahen sich wieder. Es war alles wie früher. Die alte Leidenschaft loderte auf, die Trennung hatte ihrer Liebe nichts anhaben können, und sie waren sich sicher, wirklich füreinander bestimmt zu sein. Die alten Schwüre wurden erneuert und ein Leben in ferner Zukunft ausgemalt. „Ich werde dich immer lieben", hatte er zum Abschied gesagt, „wenn meine Kinder groß genug sind, werde ich mich freimachen und wir werden zusammen sein bis ans Ende unserer Tage." Das hatte er gesagt, vor zwei Jahren.

Plötzlich stockte Magdalena mit ihrer Erzählung. Lorenz blickte sie neugierig an und nickte ihr ermunternd zu. „Das hat er vor zwei Jahren gesagt", wiederholte sie, und mit einer ganz anderen Stimme, der man anmerkte, dass sie mit den Tränen kämpfte, setzte sie fort, „und gestern hat mir eine Bekannte, die mit der Frau von Michael in Kontakt steht, einen Brief gezeigt, in dem stand, dass..., dass sie seit kurzem geschieden sind und dass Michael seit einiger Zeit mit einer anderen Frau zusammenlebt". Ein heftiges Schluchzen folgte.

„Vielleicht ist es gar nicht wahr, vielleicht ist es eine Verleumdung, ein Missverständnis", versuchte Lorenz zu trösten. „Doch, ich habe gemeinsame Bekannte nachfragen lassen. Es stimmt." Lorenz merkte die innere Erregung, mit der Magdalena kämpfte. „Ich verstehe es nicht", fing sie nach einer Weile wieder an zu sprechen, „ich kann es ganz einfach nicht fassen. Er war mein Leben. Meine ganze Jugend habe ich versäumt. Wenn andere tanzen gingen und sich vergnügten, habe ich von ihm geträumt, wenn sich andere zärtlich an den Händen hielten, habe ich an seine Hände gedacht. Nie habe ich irgendetwas für einen anderen Mann empfunden, da war kein Kuss mit einem anderen und keine Zärtlichkeit. Alle meine Gedanken galten nur ihm." Dann kam so etwas wie Wut in ihr Gesicht. „Was ich alles versäumt habe! Wie viele ich abblitzen ließ mit kühlem Blick. Wie viele einsame Stunden ich erlebt habe, ganz ohne Liebe, ganz ohne Nähe. Wie soll ich das jemals nachholen?" Ihre Stimme wurde laut und böse. „Ich werde mir jede Nacht einen anderen Mann mitnehmen und ihn in der Früh kühl lächelnd wegschicken. Ich werde mich rächen an den Männern." Impulsiv sprang sie auf und ging mit schnellen Schritten zu einer Kommode, auf der ein Foto in Silberrahmen stand, das einen gutaussehenden Mann zeigte, nahm es in die Hand und warf es energisch zu Boden. Dann trampelte sie wütend darauf herum, man hörte das Glas splittern. „Mit meiner Liebe ist jetzt Schluss und mit meinem Glauben an die Treue auch. Ich werde alles nachholen, was ich versäumt habe, ich Dummkopf, der ich war."

Erschöpft von ihrem Gefühlsausbruch setzte sie sich in einen Sessel. Als sie wieder ruhiger atmete, schaute sie Lorenz an und fragte ihn: „Verstehen Sie das? Sie sind doch ein Mann, Sie wissen eher, was in so einer Männerseele vor sich geht." – „Das hat nichts mit Mann und Frau zu tun, das hat mit dem Leben zu tun, wie es uns mitspielt, wo es uns hinwirft, und es hat etwas mit Liebe zu tun, und die ist so eine geheimnisvolle Sache, dass sie niemand erklären kann. Wir können nur lieben und verzeihen und das Leben annehmen und uns selbst auch. DAS LEBEN SPÜREN, DAS IST DAS WICHTIGSTE. Sie waren doch auch glücklich in den letzten Jahren, Sie haben einen Sinn im Leben gespürt und Freude, also waren es keine verlorenen Jahre. Und Sie haben ein großes Gefühl erlebt. Nicht jeder ist fähig die Liebe zu erleben." Schweigend saß Magdalena da und sah gedankenverloren vor sich hin. Sie schien sich beruhigt zu haben.

„Wissen Sie was, wir gehen Abendessen, ich lade Sie ein", sagte Lorenz plötzlich in die lange Stille hinein, „wir müssen schließlich so etwas wie einen Geburtstag feiern. Heute ist der erste Tag eines neuen Lebens für Sie. Das muss doch gefeiert werden. Sind Sie einverstanden?" Magdalena nahm an und verschwand in einem Nebenzimmer um sich für das Ausgehen umzukleiden. Nach einer Weile kam sie wieder, dezent geschminkt, eine glitzernde Spange im Haar, sie trug hochhakige Schuhe und ein bronzefarbenes, dekolletiertes Kleid, das von oben bis unten durchgeknöpft war und das ihre Figur umschmeichelte. Plötzlich überzog sich ihr Gesicht mit einem strahlenden Lächeln. „Ich habe eine viel bessere Idee. Meine Arbeitskollegen haben mir zu meinem letzten Geburtstag eine Flasche Champagner geschenkt, die seit damals im Kühlschrank liegt und darauf wartet getrunken zu werden – und ich glaube, das wäre heute die richtige Gelegenheit. Ich richte uns dazu ein paar Brötchen her und wir machen es uns hier gemütlich. Das ist doch eine viel persönlichere Feier zu so einem Anlass." Sie setzte ein kokettes Gesicht auf und Lorenz war ganz fasziniert von ihrem Charme. In kürzester Zeit hatte sie den Tisch hübsch hergerichtet mit einer festlichen Brokatdecke und hauchdünnen Champagnerkelchen, mit Kerzen, hübschem Geschirr und appetitlichen Brötchen. Leicht sentimentale Musik klang von einer CD, die sie sorgfältig ausgesucht hatte. Durch die Fenster fiel bereits das gedämpfte Licht der Dämmerung, und im Zimmer war auf einmal eine sehr romantische Stimmung, als der Korken aus der Flasche knallte. Lorenz füllte die Gläser.

„Auf meinen Retter in der Not", sagte Magdalena als sie ihr Glas erhob und sich zu Lorenz auf die kleine Couch setzte, auf der er es sich bequem gemacht hatte. „Ich möchte mit dir auf ‚Du' trinken, denn du hast mir das Leben gerettet, und du weißt mittlerweile so viel von mir wie andere nach langen

Jahren nicht. Es ist, als ob ich dich schon sehr lange kennen würde." Sie stießen mit den Gläsern an, die ein helles Klingen von sich gaben, und Magdalena gab Lorenz einen innigen, langen Kuss, dass ihm ziemlich warm wurde. Es war unvorstellbar, dass diese Frau vor ein paar Stunden hatte sterben wollen. Auf einmal war sie fröhlich, charmant, witzig und gesprächig. Nichts erinnerte mehr an die verstörte, hilflose Gestalt von vorher.

„Wie kann ich dir danken für das, was du für mich getan hast?", fragte sie Lorenz und schaute ihn schelmisch an. „Indem du auf dein Leben aufpasst und gut zu dir selbst bist", antwortete er. „Na, dann will ich gleich damit anfangen", antwortete sie und biss genüsslich in ein Shrimpsbrötchen, leckte sich betont langsam die Lippen und steckte die zweite Hälfte des Brötchens Lorenz in den Mund. „Kann ich noch einen Schluck Champagner haben?", fragte sie dann und Lorenz schenkte nach. Wieder rückte sie ganz nahe zu ihm, stieß mit ihrem Glas an das seine, dass es hell klang, sah tief in seine Augen und lächelte ihn herausfordernd an. „Ja, ich werde gut zu mir sein, das nehme ich mir ganz fest vor." Sie brachte ihre Lippen so nahe an seine, dass er nicht anders konnte als sie zu küssen. Er sah, was sie vorhatte. Sie wollte ihre Verzweiflung in ihm ertränken. Ihn wollte sie benützen als Betäubungsmittel gegen ihre Schmerzen, als Mutmacher für ein neues Leben, als Beweis dafür, eine begehrenswerte Frau zu sein. Er merkte das, und er wusste, er konnte und wollte ihr nicht widerstehen. Spielball der Gefühle einer so bezaubernden Frau zu sein, darauf konnte er sich einlassen. Er wollte sich gar nicht wehren, aber er hätte dieser Versuchung, diesen leuchtenden, großen Augen, die ihn total verwirrten, diesem makellosen Körper, den weichen Bewegungen ihrer Hände, der melodiösen Stimme mit dem leichten Gurren im Tonfall, den wippenden Bewegungen ihrer Füße in den hochhakigen Schuhen, diesem ganzen Locken einer begehrenswerten Frau ohnehin nicht widerstehen können.

Und er hob sie hoch mit seinen kräftigen Armen, und er trug sie in das Bett ins Nebenzimmer, in dieses große Bett, in dem man so viel Glück finden kann, wie es gar nicht auszudenken ist, und er trug sie hinein in ein neues Leben und das alte ließ sie hinter sich ohne zurückzublicken.

*

Am nächsten Tag, nach einem gemeinsamen, ausgedehnten Frühstück setzte er sich wieder in sein Auto und fuhr weg. Er hatte das Gefühl eine Frau zurückzulassen, die bereit war, es wieder mit dem Leben aufzunehmen und einen Weg vor sich hatte, den sie gehen würde.

Er fuhr nach Hause. In ein Zuhause, in dem drei Frauen auf ihn warteten, eine Frau, die nicht mehr seine Frau war, eine Tochter, die eine Ersatzmutter hatte und eine Tochter, der er Ersatzvater war. ,Komplizierte Familienverhältnisse sind das in meiner Familie', dachte er, ,aber es ist gut überhaupt eine Familie zu haben.'

In den nächsten Tagen versuchte Lorenz mehrmals Magdalena anzurufen, aber nur der Anrufbeantworter meldete sich und auf die Nachricht, die er hinterlassen hatte, erhielt er keine Antwort. Schon überlegte er wieder hinzufahren und Nachschau zu halten, da kam endlich ein Brief von ihr:

„Lorenz, mein Held –
wie soll ich dir danken, dir, meinem Lebensretter. Aber du hast mir nicht nur das Leben gerettet, du hast mir auch gezeigt wie schön das Leben sein kann, wenn man es annimmt. Du hast mich an der Hand genommen und auf einen hohen Berg geführt und mich hinunterblicken lassen in die Fülle des Daseins, in die wunderbaren Möglichkeiten des Lebens.
Diese Stunden mit dir in dieser wunderschönen Nacht, sie haben mich verändert, sie haben mich neu entstehen lassen. In den letzten Jahren habe ich wie gebannt nur auf diese eine nicht stattfindende Möglichkeit in meinem Leben geblickt und habe alles andere rund um mich nicht wahrgenommen. Du hast eine Tür für mich aufgetan, und ich schreite nun in ein neues Leben hinein. Das, was bisher war, lasse ich hinter mir. Ich bin bereits aktiv geworden und habe ein Angebot meiner Bank, in die Zentrale in der Bundeshauptstadt zu übersiedeln, angenommen. Vielleicht melde ich mich dann einmal, um zu berichten, wie ich alles geschafft habe.
Im Moment will ich dich nicht wieder sehen. Bitte verstehe das – ich will nichts zerstören, ich will dich

so bewahren, wie ich dich in dieser Nacht erlebt habe, als etwas Wunderbares, als einen Traum, dem ich aber nicht nachhängen will, sondern der mich leiten soll. Du bist für mich das Versprechen des Lebens, dass alles möglich ist.

Du bist mein guter Stern, der mich führt, den ich aber nicht vom Himmel holen will. Ich danke dir. Nie werde ich dich und dieses einschneidende Erlebnis in meinem Leben vergessen.

Ich umarme dich.

Magdalena"

Er schickte ihr über eine Blumenhandlung einen großen Strauß gelber Rosen mit einem Kärtchen: „Gelb ist die Farbe der Sonne, des Lebens und der Freude. Ich wünsche dir von ganzem Herzen alles Gute für dein Leben und viel Sonnenschein. L." Er fühlte eine warme Zuneigung für diese Frau, für ihre Weiblichkeit, für ihre Verletzlichkeit, für ihre Verzweiflung, in der er sie angetroffen hatte und für ihren Mut und ihre so schnell gefundene Stärke. Sie war eine Frau, wie er sie so oft getroffen hatte in seinem Leben, empfindsam, innen weich, wenn auch nach außen hin stark und kämpferisch. Überhaupt fand er, dass Frauen der Mittelpunkt des Lebens waren, um den sich alles drehte. Ob der Mann der Stärkere war, dessen war er sich nicht sicher, aber dass die Frau die Wesentliche war im Fortgang des Lebens, davon war er überzeugt.

*

Er hatte die Frauen schon immer bewundert, seit er denken konnte. Diese femininen Wesen mit ihrer weichen Haut, ihren zarten Händen, mit ihren tiefgründigen Augen, in denen zu lesen er sich immer bemüht hatte, es hatte ihn von jeher zu diesen Zauberwesen hingezogen. Frauen waren ein Teil des Geheimnisvollen und Unerklärlichen im Leben, denn sie selbst waren hintergründig und vielschichtig, jede anders, jede einzigartig, jede ein eigenes Rätsel, das zu lösen sich lohnte. In ein weibliches Gesicht zu blicken und darin ein Lächeln zu erhaschen, vielleicht auch nur ein ganz flüchtiges, machte den Tag gleich schöner, das Leben reicher. Frauen waren irgendwie wie Blumen, zart und lieblich, und jede verströmte einen anderen Duft.

Obwohl er immer ein Verehrer der Weiblichkeit gewesen war, oder vielleicht gerade deshalb, war er eigentlich schüchtern. Seine Zuneigung tat sich in wortloser Bewunderung kund, und er fand nicht so leicht die richtigen Worte, um sie auch auszudrücken. Doch seine Sprachlosigkeit wurde durch ein Strahlen in seinen Augen ersetzt, das jede Frau zu deuten imstande war. Seine glänzenden Augen waren die eines Kindes unter dem Christbaum, das seine Geschenke auspackt. Es war da ein inniges Leuchten in seinem Gesicht und seine ganze Körperhaltung drückte Anbetung und Hingabe aus, und diese Signale wurden von fast jeder Frau verstanden.

Eigentlich hatte er nie Abenteuer gesucht. Die Frauen lockten ihn, zogen ihn magisch an, aber er hatte nie eine Vorstellung davon, wie er sie verführen könnte, vielleicht nicht einmal die Absicht. Irgendwie passierten ihm all diese Liebesgeschichten von ganz alleine, er reagierte lediglich auf den Ablauf der Dinge. Stets ließ er nur sein Herz sprechen und seine überströmenden Gefühle. Vielleicht war es auch diese besondere Sehnsucht nach Liebe in ihm, dieser Traum, den er in sich trug als einen Teil seines Lebens, diesen Traum vom Glück, dessen Verwirklichung er immer wieder suchte, mit jeder Frau, die neu in sein Leben trat.

Lorenz kam ins Grübeln. Er war nun schon in einem Alter, in dem man auf eine ziemlich lange Strecke Lebens zurückblicken konnte. Er hatte bereits das vierte Lebensjahrzehnt überschritten und vieles erlebt, aber wenn er es genau bedachte, waren es immer die Frauen, die die Fäden in Händen gehalten und sein Leben gewebt hatten. Sie waren es, die den Ton angegeben hatten, und er hatte nach ihrer süßen Melodie getanzt.

Er konnte nicht genau sagen, wann er der Verführer und wann der Verführte gewesen war oder gar nur der Genarrte. Oft kam er in Situationen, die er nie gesucht hatte, die ihn überrumpelt hatten, und manchmal machte er auch eine eher tragisch-komische Figur.

So wie damals mit der Wassernixe, oder was immer sie gewesen sein mochte, als er noch sehr jung gewesen war:

2. *LYDIA*

Sie nannte sich Lydia. Ob sie wirklich so hieß und wie ihr vollständiger Name war, konnte er nie in Erfahrung bringen. Ganz kurz nur war sie in sein Leben getreten, und doch hatte er sie nie ganz vergessen, obwohl inzwischen Jahrzehnte vergangen waren. Immer wieder tauchte sie in seiner Erinnerung auf, denn die kurzen Stunden ihres Beisammenseins waren von dem Glanz des Geheimnisvollen umgeben, und nie vermochte er, diese rätselhafte Nacht von damals ganz zu verstehen.

Knapp älter als achtzehn war er gewesen, und das Geheimnis der weiblichen Wesen hatte ihn gerade angefangen zu faszinieren. Wie üblich war er mit seinen Kameraden am Samstag in ein Tanzlokal gegangen, um zu tanzen natürlich, aber eigentlich um ein Mädchen kennen zu lernen. Zuerst war er lange an der Theke gestanden und hatte geschaut und gewartet und hatte schon gemeint, wieder einmal alleine das Lokal verlassen zu müssen, da war *sie* erschienen. Sie war so ganz anders gewesen als all die anderen Mädchen. Etwas an ihr schien zu leuchten. Aus einem hübschen, aparten Gesicht blickten geheimnisvoll ihre schräggestellten grünen Augen. Ihre Lippen waren voll und rot, ihr langes, blondes Haar fiel in leichten Wellen über ihren Rücken, ihre Haltung war aufrecht, ihr Gang federnd und ihre Art sich zu bewegen war weich und weiblich. Sie trug ein eng anliegendes, blaugrünes Kleid, das ihren wohlproportionierten Körper betonte und das Rund ihrer nackten Schultern freigab. Er wusste nicht was es war, aber es war wie ein Schlag, den er verspürte, als er sie sah. Wie von einer unsichtbaren Hand geschoben näherte er sich ihr, blickte sie mit leuchtenden Augen an und bat sie um einen Tanz. Und sie tanzte mit ihm, diesen Tanz und den nächsten und immer weiter. Sie tanzte nur mit ihm. Das Gespräch floss von alleine, alles mit ihr war leicht, er musste nicht nach Gesprächsthemen suchen und krampfhaft überlegen, wie es weiterging, alles ergab sich von selbst. Sie wiegten sich im Tanz, ihre Körper schmiegten sich aneinander, trennten sich kurz, fanden wieder zusammen. Das Mädchen kam ihm entgegen, mit der Aufforderung in ihren Bewegungen, mit ihrem Lächeln auf den leicht geöffneten Lippen, mit der Zustimmung in ihren Augen, die einmal schmal vor Herausforderung und dann wieder geweitet in Bewunderung waren. So lockte sie ihn immer weiter in seinem mutigen Wünschen nach mehr Nähe und in seiner Hoffnung auf Erfüllung all seiner Sehnsüchte. Sein sollte sie werden, ganz sein. Sie sollte diesen Durst löschen, der in ihm brannte nach Eroberung, nach Umarmung und Inbesitznahme. Er wollte sich verlieren in diesem erträumten und noch so neuen Land der Liebe, das er kaum kennen gelernt hatte und in dem er erst so wenig Erfahrung besaß.

Diese Nacht, voll mit noch nie erlebten Verlockungen, war lang, und seine neuen Gefühle waren verwirrend für ihn. Er war nur mehr von dem einen Gedanken durchdrungen, sie umarmen zu dürfen, und alles an ihr schien das Versprechen zu geben, dass dies Wirklichkeit werden würde. Als sie dann im VW-Käfer, den ihm sein Vater für diesen Abend geliehen hatte, saßen und durch den ergrauenden Morgen fuhren, fühlte er ein siegreiches Jubeln in sich. Er durfte sie nach Hause bringen. Sie fuhren weit hinaus aus der kleinen Stadt, in eine Gegend, die er nicht kannte, und sie dirigierte die Richtung, in die sie sich bewegten. Lorenz war es recht, dass sie die Häuser hinter sich gelassen hatten und über holprige Feldwege fuhren, bis sie sich plötzlich in der Nähe eines kleinen Sees befanden. Noch einen Weg nach rechts sollte er fahren und vorne an der Gabelung links abbiegen und dann ein wenig hinunter, wo es abschüssig war und morastig und Farnkräuter zwischen Sträuchern wuchsen und sich Baumkronen über sie wölbten. Genau diesen Platz schien sie gesucht zu haben, als sie ihn zum Anhalten aufforderte.

Lorenz war alles recht. Hier waren sie ganz alleine, und sie schien das auch zu wollen. Nur mit halbem Bewusstsein nahm er die Morgenstimmung wahr, den leuchtend roten Streif am Horizont, den Blick auf den kleinen See, mit Nebelschleiern verhangen, das Schreien der Vögel, das grüne Blätterdach, unter dem sie sich befanden. In ihm war nur der Wunsch nach Einlösung des Versprechens, das diese lange Nacht gegeben hatte.

Lydia war ganz Einverständnis, Verlockung, Hingabe. Stück für Stück ihrer Kleidung streiften sie ab, zwischen vielen langen Küssen, bis sie zuletzt im orangen Schein der aufgehenden Sonne ganz nackt waren und Lorenz sich am Ziel seiner Wünsche glaubte. „Warte einen Augenblick", sagte Lydia, nahm ihre Kleider, öffnete die Autotür und lief vor den Augen des überraschten Lorenz in das sie umgebende Gehölz hinein. Als sich Lorenz von seiner Verblüffung erholt hatte, lief er ihr nach, zwar erstaunt, aber doch auch in dem Glauben, sie führe ihn zu einem besonderen Plätzchen für ihre Liebesstunde.

So liefen sie, splitternackt, Lydia mit einem gewaltigen Vorsprung und flink wie eine Gazelle, offensichtlich vertraut mit dem Terrain, Lorenz etwas verwirrt und unschlüssig und mit bloßen Füßen über Wurzeln und Steine stolpernd. Plötzlich war sie verschwunden. Zuerst glaubte er noch, sie habe sich hinter einem Baum versteckt, sich in eine Grube geduckt, hinter einem Busch verborgen und er rief sie und suchte sie, lief in das Wäldchen hinein und blickte in alle Richtungen, aber so sehr er sich auch bemühte, sie war nirgends zu sehen. Lange rief er nach ihr, wartete auf sie, aber sie kam nicht wieder. Verloren stand er da und wusste nicht, in welcher Richtung er weiter suchen sollte. Da sah er einen Pfad, der zum See hinab führte und vermeinte Spuren im taufeuchten Gras zu sehen. Eilig folgte er ihnen, rutschte aus im nassen Gras, fiel hin und schlitterte bis zum Uferrand. Der glatte See breitete sich vor ihm aus, kein menschliches Wesen war zu sehen. Nur ein paar Wasserringe, als ob jemand einen Stein ins Wasser geworfen hätte oder ein Fisch gesprungen sei, waren auf der Wasseroberfläche zu bemerken.

Da wurde ihm seine Lage bewusst – nackt lief er durch die Gegend und mutterseelenallein. Die Sonne war über dem Hügel aufgegangen, tauchte den leichten Dunst über dem See in rosiges Licht, und Lorenz hatte ein Würgen im Hals; er wusste nicht, ob es Enttäuschung und Trauer oder Wut war oder alles zusammen. Dann gab er das Warten auf und kehrte zum Auto zurück, die Türen standen noch immer weit offen. Als er sich ankleidete, fand er zwischen seinen Kleidungsstücken ein seidiges, wassergrünes Hemdchen, das er vor kurzer Zeit von lockenden Schultern gestreift hatte und das das Mädchen in der Eile zurückgelassen hatte. Ein betörender Duft strömte aus dem zarten Gewebe. Er schloss die Augen und drückte sein Gesicht in den zarten Stoff, und alle Gefühle kehrten in voller Stärke wieder, und Lydia schien ganz nahe zu sein und ihn zu rufen, aber als er die Augen öffnete, war ihm bewusst, dass er genarrt worden war.

Er setzte sich in das Auto, um seinen Rückzug zu beginnen. Aber das Auto saß fest, ganz fest in dem morastigen Boden, und es war ihm nicht möglich wegzufahren. Immer wieder versuchte er es, aber es gelang nicht. Schließlich fiel ihm ein, dass noch die Schneeketten im Kofferraum waren, und mit seiner neuen, schönen Hose kniete er in nasser Erde und im nassen Gras und montierte an diesem schönen Sonntagmorgen im beginnenden Sommer Schneeketten auf die Reifen. Aber auch mit ihrer Hilfe gelang es ihm nicht wegzukommen. Das Auto saß fest. Schließlich blieb ihm nichts anderes übrig als sich zu Fuß aufzumachen und Hilfe zu holen. Weit musste er gehen und lange dauerte es, bis er einen Bauern fand, der einen Traktor hatte und ihm half das Auto aus dem unwegsamen Gelände herauszuziehen. Als er den Bauern um Hilfe bat und ihm den Weg weisen wollte, sagte dieser: „Sie brauchen mir gar nichts zu erzählen, ich glaube, ich weiß schon, wo ich hin muss", und er fuhr ohne weitere Fragen zu genau der richtigen Stelle. „Sie sind nun schon der dritte junge Mann, den ich da herausholen muss. Irgendwo in der Nähe muss eine Nymphe leben, die Euch junge Männer da her lockt und ins Uferlose zieht. Das nächste Mal sollten Sie sich in Acht nehmen, SIE SIND GEFÄHRLICH, DIESE NYMPHEN!"

Das seidige, wassergrüne Hemdchen bewahrte er für viele Jahre in seiner geheimsten Schublade auf als Geheimnis einer rätselhaften Nacht.

Dem Mädchen aber ist er nie mehr begegnet.

3. VERONIKA

IN DEN MÄDCHEN STECKT ABER SCHON VON KLEIN
AUF EIN BISSCHEN VON EINEM WEIB.

Das erste Gefühl von Verliebtheit, von zarter, inniger Zuneigung für ein weibliches Wesen, an das er sich erinnern konnte, empfand er bereits in der Volksschule. Sie hieß Veronika und ging in seine Klasse. Er bewunderte sie maßlos, und wenn er nach der Schule hin und wieder ihre Tasche ein Stück tragen durfte, erschien ihm das als das schönste Geschenk, das einem widerfahren konnte. Nie hätte er gewagt, irgendein Wort der Zuneigung zu sagen, und er hätte auch gar nicht gewusst, was zu sagen, aber mit ihrem weiblichen Instinkt hatte Veronika sehr bald gemerkt, dass sie einen Verehrer an Lorenz hatte. Denn Männer mögen als Knaben geboren werden, IN DEN MÄDCHEN STECKT ABER SCHON VON KLEIN AUF EIN BISSCHEN VON EINEM WEIB.

Veronika ging nicht nur in dieselbe Klasse wie Lorenz, sie wohnte auch in seiner Nähe, dadurch hatten sie den gleichen Schulweg. Von der Schule bis zu ihrer Haustüre reichte sein kindliches Glück. Dort verabschiedete sich Veronika immer sehr hastig. Wenn Lorenz und die anderen Kinder am Nachmittag umhertollten, Ball spielten, im Winter Schlitten fuhren, im Sommer in den Bach plantschen und schwimmen gingen, Veronika war nie dabei. Ihre Eltern erlaubten ihr nicht, sich mit den gewöhnlichen Kindern abzugeben. Sie war nämlich eine Tochter aus feinerem Haus als die meisten. Ihre Eltern hatten die einzige Konditorei im Ort, und sie durfte nur mit wenigen Kindern der „feineren" Leute verkehren. Während von draußen übermütiges Kindergeschrei zu hören war, saß Veronika am Klavier und übte Etüden und Sonaten. Ging Lorenz dann an ihrem Haus vorbei und hörte aus dem Fenster Klaviermusik, es kam ihm vor wie Musik vom Himmel. Veronika war für Lorenz das erste geheimnisvolle Wesen, das er kannte und über das er nachdachte. Ihr zartes Lächeln, ihre großen, etwas traurig blickenden Augen brachten ihn ins Träumen. Oben auf ihrem Kopf, auf ihrem braunen, sorgfältig gescheitelten Haar trug sie immer eine große, steife, exakt gebundene Haarschleife, jeden Tag in einer anderen Farbe und Größe, die wie eine phantastische Blüte nach oben ragte. Ihr ernstes, blasses Gesicht mit den honigfarbenen Augen vermittelte ihm oft das Gefühl, diese bunte, leuchtende Masche würde jeden Moment wegfliegen wie ein bunter Schmetterling. Allein diese aufwendig geknüpfte Haarschleife jeden Tag auf ihrem Kopf war schon ein Statussymbol von besonderer Art und machte Veronika zu etwas Besonderem unter den anderen Mädchen.

Lorenz war für Veronika auch etwas Besonderes. Er war nicht so wild wie die anderen Knaben, er wirkte sanft und nachdenklich und war sehr rücksichtsvoll und klug, mit ihm konnte sie gut reden. Er war die Brücke zu dem Leben da draußen, das sie nicht kannte, von dem sie ferngehalten wurde und das sie brennend interessierte. Auf ihrem Schulweg fragte ihn Veronika immer aus über das, was die anderen taten, wie er seine Nachmittage verbrachte, und bereitwillig erzählte er ihr alles, was ihm einfiel. Am meisten erzählte er ihr vom Wald, dort hielt er sich am liebsten auf. Nicht weit vom Dorf fing der Wald an, der sein Lieblingsaufenthaltsplatz war. Da streunte er umher, lag manchmal auf weichen Moospölstern und beobachtete Vögel, Eichkätzchen und Rehe, sammelte Beeren, Pilze und Zapfen von verschiedenen Nadelbäumen und hörte dem Rauschen des Windes in den Wipfeln zu. Veronika bekam immer leuchtende Augen, wenn er erzählte und wünschte sich, auch einmal mit ihm in diesen wunderbaren Wald zu gehen. Und einmal, ein einziges Mal sollte dieser Wunsch in Erfüllung gehen. Nachmittagsunterricht war angesetzt worden, aber als sie in die Schule kamen, wurden die Stunden wegen akuter Erkrankung der Lehrerin abgesagt und die Kinder nach Hause geschickt.

Am Nachhauseweg schlug Lorenz dann plötzlich eine andere Richtung ein und sagte zu Veronika, er wolle diesen freien Nachmittag im Wald verbringen. Mit all ihrem Mut und dem ganzen Aufbegehren ihrer unterdrückten kindlichen Seele fragte sie Lorenz, ob er sie nicht mitnehmen wolle. Was für eine Frage! Es war das blanke Glück, das Lorenz empfand, als die beiden Kinder nun an diesem schönen Frühsommernachmittag dem erstrebten Ziel entgegengingen. Eine kühle Frische empfing sie unter dem Blätterdach und eine andächtige Stille, durch die man erst allmählich die Geräusche des Waldes hörte. Der Wind sang ein Lied oben in den Wipfeln, die Waldvögel schienen ein Konzert zu halten mit vielen unterschiedlichen Instrumenten, der Specht trommelte auf einem dürren Ast und sogar ein Kuckuck rief in der Ferne, und alles zusammen war wie eine geheimnisvolle, noch nie gehörte Melodie für Veronika. Die Gerüche des feuchten Waldbodens und der vielen Pflanzen und Blüten berührten die Sinne der Kinder und machten diesen Ausflug zu etwas Besonderem. Lorenz pflückte Walderdbeeren und ließ sie vorsichtig in die Hand des Mädchens gleiten. Fast scheu, als ob es etwas Verbotenes wäre, gab sich Veronika dann dem Genuss dieser Köstlichkeit hin.

Nach anfänglicher Zurückhaltung fing Lorenz dann an, Veronika seinen Wald zu erklären. Er zeigte ihr seine besten Freunde, die Bäume, er hieß sie ganz hinauf zu schauen bis in die höchsten Wipfel, dort hinauf, wo der Wind die Äste am meisten bewegte. Er legte seine Hand auf den Stamm eines Baumes und zeigte ihr, wie rau die Rinde war, wie glatt dagegen bei einem anderen Baum. Er zeigte ihr Flechten und Moose an den Stämmen und die phantastischen Gebilde der Wurzeln, wie sie teilweise noch aus der Erde ragten. Er zeigte ihr Farne und besondere Gräser und die großen Waldglockenblumen und er hieß sie ihre Hände auf die weichen, grünen, sanften Moospolster legen. Die Sonnenkringel, die durch das Geäst fielen, ließen das Moos in heller Freude aufleuchten.

Die Zeit verging so schnell an diesem Nachmittag, und plötzlich bemerkten die Kinder, dass es höchste Zeit war heimzugehen. Mit eiligen Schritten machten sie sich auf den Rückweg, und Veronika hatte auf einmal Angst vor der Reaktion ihrer Eltern. Als sie dann in der Eile mit ihren leichten Schuhen über eine Wurzel stolperte, fasste Lorenz sie an der Hand, und sie entzog sie ihm nicht mehr. Mit einem unendlichen Glückgefühl hielt der Knabe nun die Hand des Mädchens ganz fest, sie lächelten einander an und sprachen kein Wort mehr, bis sie den Wald hinter sich hatten. Dann erst ließen sie ihre Hände los.

Am nächsten Schultag war Veronika noch bleicher und scheuer als sonst. Es hatte fürchterliche Schelte gegeben, und sie hatte das absolute Verbot erhalten, jemals wieder mit einem der Kinder etwas zu unternehmen, noch dazu mit einem Knaben, mit irgendeinem Knaben. Was da alles hätte passieren können! Man hatte in so vielen Andeutungen und Misstrauensbekundungen, in unverständlichen Anklagen und Vorwürfen ge-sprochen, dass Veronika total verunsichert und eingeschüchtert war. Ihr Verhalten Lorenz gegen-über war nicht mehr so offen, das Vertrauen zu ihm hatte man vergiftet, eine unüberwindbare Distanz war in ihrem Benehmen und Fremdheit in ihren Gesprächen. Es wurde nie mehr wie früher, die ängstliche Scheu des Mädchens stand zwischen ihnen.

Bald kamen die Ferien, und das nächste Schuljahr trennte sie endgültig. Lorenz ging in die Hauptschule im gleichen Ort. Veronika wurde in ein Internat in eine ferne, große Stadt geschickt, unendlich ferne, wie Lorenz schien.

Das Leben war nun etwas weniger bunt für Lorenz, er trauerte um Veronika. Aber die neue Schule, viele neue Klassenkameraden, neue Lehrer lenkten ihn ab, nahmen seine Gedanken gefangen und das Neue brachte Ablenkung und andere Interessen. Veronika sah er nur manchmal in den Ferien aus der Ferne, und höchstens ein Nicken, ein Servus, ein Lächeln war alles, was man einander zukommen ließ.

In einem Winkel seines Herzens aber, in einer kleinen, dunklen Kammer bewahrte er dieses erste Bild der Liebe, sein erstes unschuldiges Herzklopfen, das erste große Glücksempfinden, das ein weibliches Wesen ausgelöst hatte, und auch das erste Liebesleid auf.

*

Viele Jahre später, als er beim Bundesheer war, bei der Garde in Wien, trafen sie sich zufällig wieder. Er hatte einen freien Abend und bummelte in seiner schmucken Gardeuniform durch die Stadt. Durch den Rathauspark war er zuletzt gegangen und das Burgtheater hatte er bewundert und trat nun näher, um ins Innere zu sehen. Da sah er plötzlich in zwei nie vergessene, honigbraune Augen und für einen Augenblick sah er eine imaginäre, große Haarschleife über den braunen

Haaren schweben. Er lächelte voll Freude in dieses Gesicht, und nach kurzem Zögern erkannte ihn auch Veronika. Jahre und Welten lagen zwischen ihnen, doch nach ein paar zögernden Sätzen floss das Gespräch wie bei alt vertrauten Freunden. Sie plauderten und erzählten und hatten das Gefühl, damit ein Stück ihrer Kindheit zurückzuholen. „Sag, hast du nicht morgen Geburtstag?", fragte ihn Veronika plötzlich. „Daran kannst du dich noch erinnern?", antwortete er in ungläubiger Freude, „Wieso weißt du das denn?" Mit einem spitzbübischen Lächeln antwortete sie: „Du hast drei Tage vor meinem Namenstag Geburtstag, das weiß ich noch, und an das habe ich fast jedes Jahr gedacht." Ganz warm wurde Lorenz ums Herz. Sie hatte all die Zeit über an ihn gedacht! Das alte kindliche Glücksgefühl aus fernen Tagen stieg wieder in ihm hoch. „Dann könnten wir doch einmal deinen Namenstag und meinen Geburtstag zusammen feiern. Darf ich dich morgen einladen, da habe ich am Nachmittag und Abend wieder frei?" Sie verabredeten für den nächsten Nachmittag ein Treffen, wieder vor dem Burgtheater, wo sie sich heute über den Weg gelaufen waren, dann musste Lorenz in die Kaserne zurück.

Beim Aufwachen am nächsten Morgen hüpfte sein Herz vor Freude. Er hatte heute Geburtstag, und was für einen! Einen solch schönen Geburtstag hatte er noch nie gehabt in seinem ganzen Leben. Er dachte sich aus, wohin er mit Veronika gehen würde, in welches Lokal er sie führen würde, welchen Spaziergang er mit ihr machen würde, und wer weiß was noch alles auf ihn zukommen würde. In froher Stimmung aß er dann mit seinen Kameraden zu Mittag und konnte es kaum erwarten, dass er die Kaserne verlassen konnte. Er war vielleicht etwas lauter als sonst, etwas weniger devot, ein bisschen auffallender als es seine Art war, aber die Vorfreude auf dieses Wiedersehen sprengte fast seine Brust und in übermütigem Ton der vom Glück Auserwählten sagte er dann nach dem Essen: „Kann nicht ein anderer heute den Tisch abräumen, ich habe schließlich Geburtstag!"

Es gibt eine Instanz im Leben, die uns alle zurechtstutzt, die dafür sorgt, dass die Bäume nicht in den Himmel wachsen und dass das Glück eine Rarität bleibt. In diesem Fall war diese Instanz ein Vorgesetzter von Lorenz, dem dieser forsche Ton nicht gefiel. Vielleicht war dieser Vorgesetzte verknöchert und missgünstig, vielleicht konnte er auch nicht ertragen, wenn andere glücklich waren und er in ihren Augen die Freude leuchten sah, vielleicht hatte er auch nur schlechte Laune und brauchte ein Opfer, an dem er seine Missstimmung abreagieren und seine eigene Wichtigkeit unter Beweis stellen konnte. Vielleicht war er aber auch nur ein kleines Rädchen im Laufwerk des Lebens, das für die Richtigkeit im Fortgang des Lebensweges sorgte.

Lorenz musste strafweise in der Kaserne bleiben, der Ausgang wurde gestrichen.

Es war ein großes Unglück, das über ihn hereingebrochen war. Er konnte Veronika nicht verständigen, er hatte keine Adresse von ihr, er wusste gar nichts von ihr. Sogar an Flucht und Desertion dachte er. Aber sein Verstand hielt ihn zurück. Am schlimmsten war der Gedanke, was Veronika wohl von ihm denken mochte, dass sie wahrscheinlich annahm, er habe sie absichtlich versetzt. Er, der Verlässliche, auf den man immer zählen konnte, er kam ganz einfach nicht zu einer Verabredung mit Veronika, zu der wichtigsten Verabredung in seinem bisherigen Leben! Lorenz war verzweifelt.

Als er wieder aus der Kaserne durfte, fing er an Veronika zu suchen. Er suchte in Telefonbüchern, versuchte über alte Schulfreunde, über Menschen aus ihrer gemeinsamen Jugend, ja sogar über ihre Eltern, die mittlerweile den Ort verlassen hatten, ihre Adresse herauszubekommen, aber es gelang ihm nicht. Er ging in der restlichen Bundesheerzeit in seiner Freizeit dutzende Male am Burgtheater vorbei, immer in der Hoffnung sie zu finden, aber vergeblich.

Er fand Veronika nie mehr, und er hatte nie mehr Gelegenheit ihr zu sagen, warum er die Verabredung nicht eingehalten hatte und wie viel ihm dies bedeutet hätte.

*

Wieder viele Jahre später erfuhr er, dass Veronika einen reichen Fabrikanten geheiratet hatte, der 25 Jahre älter war als sie. Ob die Ehe glücklich geworden war, konnte er nie in Erfahrung bringen. Jedenfalls hatte Veronika standesgemäß geheiratet.

4. SUSANNE

Nach der Schule beschloss Lorenz das Handwerk des Tischlers zu erlernen. Er liebte Bäume, er liebte Holz, es war für ihn ein Genuss, dieses Material anzugreifen, zu sehen, zu riechen. Was lag da näher als Tischler zu werden, und das Erlernen dieses Berufes machte ihm auch Freude.

Er hatte nun den ganzen Tag mit Männern zu tun, deren zotige Witze und raue Aussprüche nicht gerade für eine empfindsame Seele geeignet waren. Aber Lorenz wusste, dass er fürs Leben lernte, und so lernte er neben Holzbearbeitung auch Bier trinken und Sprüche klopfen und sich seiner Umgebung anpassen. Man hatte ihn recht gerne im Betrieb. In seiner Freizeit war er auch viel mit seinen Freunden unterwegs, zumindest an den Abenden, in Gasthäusern, bei Tanzveranstaltungen, im Kino, bei irgendwelchen Treffen. Thema Nummer Eins bei ihren Gesprächen waren natürlich die Mädchen. Manche gaben recht großspurig mit ihren Erfahrungen an, andere machten nur Andeutungen und taten recht wissend. Lorenz hörte meistens nur zu. Er hatte von keinen Erfahrungen zu erzählen, und die paar Küsse, die er da und dort getauscht hatte, hätte er nie preisgegeben, das war Ehrensache. Oft versuchte er sich auszumalen, wie es sein würde, mit einem Mädchen beisammen zu sein, und wie er sich dabei verhalten müsste. Aber eigentlich konnte er mit niemandem darüber reden, jedes Gespräch mit seinen Kameraden glitt gleich ins Ordinäre ab. Damals durchschaute er noch nicht, dass die anderen in seinem Alter auch nicht so viel über die Frauen wussten und nur ihre Unsicherheit hinter Großspurigkeit verbargen.

Es war in seinem dritten Lehrjahr, ein Weilchen bevor er seine Gesellenprüfung machte, als er liebevolle Einführung in dieses geheimnisvolle Gebiet des Lebens erhielt. Es war auf der Hochzeit seiner Kusine. Ein schöner Tag mit blauem Himmel, eine strahlende Braut in langem, weißem Kleid, ein glücklicher Bräutigam, viele Gäste, feierliche Rituale, gutes Essen, guter Wein und eine fröhliche Stimmung bildeten den Auftakt zu diesem Erlebnis. Lorenz war guter Laune, er hatte ein bisschen getrunken, viel getanzt, fast ausschließlich mit Susanne, die für diese Hochzeitsfeier aus Deutschland angereist war. Susanne war eine sehr hübsche, selbstbewusste, junge Frau Ende zwanzig, mit einer üppigen Figur, die durch ihre schlanke Taille betont wurde. Ihre hochgesteckten braunen Löckchen wippten, wenn sie kokett den Kopf bewegte und ihre glänzendweißen Zähne zwischen den vollen Lippen schimmerten wie Perlen, wenn sie in fröhlichem Lachen den Mund öffnete. Anfangs reagierte sie ein bisschen gönnerhaft auf Lorenz' zaghafte Komplimente, aber mit der Zeit schien sie wirklichen Gefallen daran zu finden und genoss seine Bewunderung. Sie spürte seine naive Unerfahrenheit und bald erwachte in ihr der Instinkt der Jägerin, die das Wild erlegen will. Lorenz wähnte sich aber selbst als Eroberer, der Glück hatte, unwahrscheinliches Glück, weil alles wie von alleine lief.

Der Abend war lang, die Nacht dehnte sich, die Menschen um sie wurden lauter, in immer bessere Stimmung versetzt. Jeder war mit sich oder seinem Gegenüber beschäftigt, da fiel es niemandem auf, dass Susanne und Lorenz auf einmal nicht mehr da waren. Zuerst waren sie im Garten spazieren gegangen, aber nachdem es da plötzlich recht kühl war, musste Susanne ein Jäckchen aus dem Zimmer, in dem sie sich für ein paar Tage eingemietet hatte, holen, und selbstverständlich begleitete Lorenz sie. Da standen sie sich nun alleine im Zimmer gegenüber, Susanne mit einem unbefangenen Lächeln, Lorenz eher verlegen und mit einem Gefühl, als ob es ihm gleich die Brust zersprengen würde. Ganz nah kam ihm Susanne mit ihrem Gesicht, er spürte die Wärme ihres Atems, und ihr Duft betörte seine Sinne.

Sicher ist uns ein bestimmtes Wissen in den Genen mitgegeben worden, da braucht man keine Freunde, die uns sagen was zu tun ist, da muss man keine klugen Bücher gelesen haben. Das Wesentliche geht nicht übers Gehirn, es kommt aus dem Bauch, aus dem Gefühl, es kommt, wenn die Zeit dafür da ist, von ganz alleine. Lorenz dachte nicht mehr. Ohne zu denken wussten seine Hände, wohin sie greifen mussten, fand sein Mund diese weichen, sinnlichen Lippen, spürte er den Kuss einer erfahrenen Frau, einen, den er nicht rauben musste, sondern der ihm willig entgegengebracht wurde, der ihn lockte, liebkoste und herausforderte und ihm die Richtung wies, wie es weitergehen sollte.

Zwei lange Stunden blieben sie der Hochzeitsfeier fern, in der sie niemand vermisste, und diese Stunden wurden ein Fest der Sinne und der Freude.

Vielleicht braucht man auch für die Liebe eine besondere Begabung, die uns die Natur dafür mitgibt, eine Erlebnisfähigkeit, die tiefer ist oder oberflächlicher. Wenn es so ist, dann erwies sich Lorenz als sehr begabt für die Liebe.

Susanne musste nach zwei Tagen wieder abreisen, und es ergab sich bis dahin keine Gelegenheit mehr für ein heimliches Stelldichein. Aber ihr Händedruck zum Abschied, inmitten der anderen Leute, war ganz besonders innig, und ihre Augen sagten einander alles, was nicht in Worte zu fassen war.

*

Susanne hatte Lorenz in das Land der Liebe geführt. Sie hatte ihn zu einem glücklichen Mann gemacht, der jetzt wusste, dass die Liebe das Schönste im Leben ist, und der sich nun sicher war: FRAUEN SIND GLÜCK SPENDENDE GESCHÖPFE, denen er immer Achtung und Bewunderung entgegenbringen würde.

Nun war er nicht mehr so schüchtern im Umgang mit Mädchen. Nicht dass Lorenz gleich ein Draufgänger geworden wäre, nein, aber nun wusste

er, worauf es ankam, und das machte ihn sicherer.
Er verlor zwar in seiner Burschenrunde kein Wort
über seine Erfahrung, aber irgendwie merkten die
anderen, dass er zu den bereits Eingeweihten
gehörte. Vielleicht war sein Lächeln ein anderes
geworden oder der Blick, mit dem er nun den
Mädchen nachschaute, hatte etwas Wissendes an
sich.

*

Die Zeit ging ihren Weg. Die Gesellenprüfung
war bestanden, die Bundesheerzeit absolviert.
Lorenz lebte wieder in der Vertrautheit seiner
heimatlichen Umgebung und fühlte sich wohl. Das
Leben lag in voller Fülle vor ihm und hatte viele
erfreuliche Aspekte. Nach der Arbeit gab es genug
Zeit und genug Gelegenheit Freundschaften zu
pflegen, Mädchen den Hof zu machen und sich zu
amüsieren.
Unbekümmert schritt er seines Weges.

5. DITTA

ALLE PRINZIPIEN WERDEN UMGESTOSSEN.

Dann kam der Maskenball, eine übermütige Nacht im Fasching. Sein Nachbar, mit dem er von klein auf befreundet war, hatte ihn überredet mitzugehen und sich zu kostümieren. Da wimmelte es nur so von fantastischen Gestalten. Die Piraten, Scheichs und Zorros erregten weniger sein Interesse, er sah mehr auf die Hulamädchen und Kätzchen und Burgfräulein. Verwirrend war diese Maskerade, man wusste nicht, ob sich ein schönes oder derbes Gesicht hinter der Maske und hinter der Schminke verbarg, aber an den Bewegungen des Körpers, an der Haltung des Kopfes und am Klang der Stimme ließ sich viel über das verborgene Wesen hinter der Verkleidung erahnen. Er hatte schon mit einigen exotischen, auch leicht bekleideten und stark geschminkten Mädchen getanzt, als er plötzlich eine schlanke Gestalt mit schmaler Taille in einem nachtblauen Kleid, über und über mit funkelnden Sternen bestickt, und einer metallblauen Augenmaske erblickte. Dunkle Locken, in denen auch Sternchen befestigt waren, fielen auf zarte Schultern. Die Bewegungen des Mädchens waren sehr betont, sehr sicher und ein wenig theatralisch. Lorenz drängte es in ihre Nähe. Er forderte sie zum Tanz auf.

„Was bist du, schöne Maske in Blau?" – „Sieht man das nicht? Ich bin die Königin der Nacht!" –

„Könntest du dann vielleicht einen Hofnarren gebrauchen?“, fragte er sie lachend, denn er hatte sich als Pierrot maskiert. Schnippisch kam die Antwort: „Die Königin der Nacht hält sich zwar keinen Hofnarren, ihr Sinn geht eher nach höheren Werten, aber man kann die Geschichte ja neu erfinden. Außerdem bist du kein wirklicher Hofnarr, warum also nicht?“ Und schon drehten sie sich übermütig zu den Klängen der Tanzmusik. „Wie bist du auf den Pierrot gekommen?“, fragte ihn Ditta, so hieß die Königin der Nacht. „Ich muss gestehen, dass kein höherer Sinn dahinter ist, mein Nachbar hat mir das Kostüm geliehen und seine Freundin hat mich geschminkt, weil mich die beiden unbedingt auf den Maskenball mitschleppen wollten. Aber vielleicht ist der höhere Sinn der, dass sich zwei Opernfiguren treffen. Du bist wohl ein Opernfan?“, fragte er sie und war fürchterlich stolz, dass er wusste, dass die Königin der Nacht eine Figur aus der Zauberflöte war. Es war zufällig eine der wenigen Opern, die der Musiklehrer in der Schule ihm näher zu bringen versucht hatte. ‚Man lernt doch fürs Leben, nicht nur für die Schule‘, dachte er nicht ganz ohne Selbstgefälligkeit.

Der Abend wurde sehr nett. Lorenz machte Ditta gekonnt den Hof. Irgendwie erinnerte ihn Ditta in ihrer Art an Veronika, auch Ditta war ein Mädchen aus besserem Haus, ihr Vater war Volksschuldirektor. Sie besuchte die letzte Klasse eines Gymnasiums und sie hielt mit ihrer Bildung nicht hinter dem Berg. Es war offensichtlich, dass sie sich für bewundernswert hielt. In manchen Sätzen spürte er sehr wohl die Dünkel, die leicht überhebliche Art der etwas Gebildeteren am Lande. Aber vielleicht war es gerade das, was ihn so reizte, vielleicht war es die unerlebte Geschichte mit Veronika, die ihn da hineindrängte. Etwas musste erlebt werden, das er versäumt hatte, das auf ihn gewartet hatte.

Das ruhige Selbstverständnis seines einfachen Wesens und seine Bereitschaft zu Bewunderung und zum Zuhören waren wahrscheinlich für das Mädchen Eigenschaften, die sie anzogen, jedenfalls unterhielten sie sich prächtig bis zur De-maskierung, und dann stellten sie beide fest, dass das freigelegte Gesicht des anderen noch netter war als das verhüllte. Sie fanden Gefallen aneinander und als Ditta nach Hause musste, vereinbarten sie ein Rendezvous für den nächsten Nachmittag, und Lorenz verbrachte den kurzen Rest der Nacht in bunt bewegten und verwirrenden Träumen.

Etwas nervös war Lorenz schon, als er zur Verabredung in das nächste Städtchen fuhr, und er fragte sich, ob Ditta überhaupt kommen würde. Er war schon viel zu früh in dem vereinbarten Lokal und wartete voll Unruhe auf die Königin der Nacht in Zivil. Sie kam, und sie sah entzückend aus. Lorenz war ganz hingerissen von ihrer hübschen Figur, ihren graziösen Bewegungen, ihrer Anmut und ihrem charmanten Lächeln. Die Anziehung schien auf Gegenseitigkeit zu beruhen, man merkte, dass auch Lorenz dem Mädchen gefiel. Er war groß und athletisch, mit leicht gewelltem, dunkelblondem Haar, braune Augen unter dichten, langen Wimpern, die eigentlich für einen Mann eine glatte Verschwendung waren, strahlten voll Freude und Bewunderung sein Gegenüber an. Seine Hände waren muskulös mit kräftigen Fingern, Arbeitshände, aber gepflegt und ausdrucksstark. Irgendwie vermittelte er das Gefühl, Geborgenheit und Schutz geben zu können.

Vor ihrem Treffen hatte sich Lorenz Gedanken gemacht, worüber er mit Ditta sprechen würde, aber das Mädchen war so voll Erzähllust und Mitteilungsbedürfnis und zog ihn sofort in ein Gespräch. Lorenz wurde mitteilsam und witzig und sagte seine Meinung zu Themen, über die er vorher nie nachgedacht hatte. Es wurde eine sehr angeregte Unterhaltung, die Zeit flog nur so dahin und keine Minute wurde zu lang. Plötzlich sah Ditta auf die Uhr und hatte es sehr eilig, sie musste den Bus um sechs Uhr erwischen, der sie nach Hause in den Nachbarort brachte, und sie erlaubte Lorenz nicht, sie zu begleiten. Sie vereinbarten noch schnell ihr nächstes Treffen: nächster Samstag, die gleiche Zeit, derselbe Ort.

Fast jeden Samstag trafen sie sich nun. Sie saßen immer im selben altertümlichen Kaffeehaus in der hintersten Ecke und hatten sich viel zu erzählen. Ditta forderte ihn ganz schön. Sie brachte ihm Bücher mit, anspruchsvolle Literatur, sozusagen eine Hausaufgabe bis zum nächsten Treffen, denn sie wollte seine Meinung dazu hören und sich mit ihm darüber unterhalten. Er las die Bücher mit großem Eifer und meistens auch mit Begeisterung. Aber als sie dann James Joyce und ähnlich schwere Kost anschleppte, kam Lorenz ganz schön ins Schwitzen. Er kaufte sich ein Fremdwörterbuch, saß halbe Nächte und schrieb sich die Wörter, die er nicht kannte, heraus, schlug sie nach und lernte sie auswendig, dann erst verstand er so manchen Satz. Und es verursachte ihm eine große Genugtuung, wenn er dann beim nächsten Gespräch selbst das eine oder andere soeben gelernte Fremdwort wie selbstverständlich einfließen lassen konnte.

Sie verbrachten viele Nachmittage in angeregtem Gespräch, mit geistreichen Worten und auch ein bisschen Flirt und Spaß, aber es gelang Lorenz nicht wirklich, die Distanz, die von Anfang an zwischen ihnen bestanden hatte, zu überbrücken. Lorenz war sich bewusst, dass ihm dieses Mädchen überlegen war, aber er dachte diesen Unterschied ausgleichen zu können. Er arbeitete an sich. Seine Sprache wurde gewählter, seinen Dialekt legte er in ihrer Gegenwart ab. Er kaufte sich auch ein Buch über richtiges Benehmen und übte in Gedanken höfliche Manieren. Beim nächsten Rendezvous war er dann wieder ein wenig sicherer, wenn er Ditta den Sessel zurechtrückte, um danach erst zu seinem Platz zu gehen und sich niederzusetzen. Er wusste nun, wer wem zuerst vorgestellt wird, dass er als junger Mann warten musste, bis ihm die Hand gereicht wurde und wie man sich in einem guten Restaurant verhielt. Es machte ihm Spaß, sich neues Wissen anzueignen und gleich in die Tat umzusetzen, und es war die schönste Belohnung, wenn ihn Ditta dann zustimmend anlächelte, weil er den richtigen Ton getroffen, das passende Wort gewählt, sich wie ein Gentleman verhalten hatte.

Wochenlang trafen sie sich immer am Samstagnachmittag, und wenn es Abend wurde, eilte das Mädchen alleine weg, ohne dass er sie begleiten durfte, so plötzlich wie Cinderella vom Ball, wenn es Mitternacht schlug. Immer mehr zog ihn Ditta in ihren Bann, aber er kam ihr nicht wirklich näher, bis sich dann endlich die Gelegenheit ergab, gemeinsam zu einem Tanzabend in ein kleines romantisches Lokal zu gehen. Sie kam mit einem befreundeten Paar aus ihrem Ort, aber die beiden hatten zum Glück so viel mit sich selbst zu tun, dass Ditta und Lorenz ungestört Zeit für sich alleine hatten. Die Nähe beim Tanzen, das Bewegen der Körper im gleichen Takt, die Berührungen, die stimmungsvolle Musik, die leuchtenden Augen des Mädchens, der Duft, den sie verströmte, all das ließ die Distanz verschwinden und aus kleinen, zärtlichen Küssen auf die Wange wurde dann in einer dunklen, stillen Ecke endlich der lang ersehnte erste Kuss. Es wurden noch viele Küsse an diesem Abend, und sie waren voll Zärtlichkeit und Glückseligkeit. Und als Lorenz endlich wagte zu sagen „Ich liebe dich", kam von Ditta ein hauchzartes „Ich dich auch."

Am Nachhauseweg hörte Lorenz dann noch immer die Musik in seinen Ohren, er war wie in einem Taumel gefangen, der ihn beglückte und übermütig von der Zukunft träumen ließ. Das war also das Gefühl, wenn man meinte Bäume ausreißen zu müssen, der Welt ein Loch schlagen zu können. Wie schön das Leben doch war! Auch in den nächsten Tagen hielt diese Hochstimmung an.

Doch sehr bald wurde er in die Realität zurückgeholt, es passierte etwas ganz Unvorstellbares. Ein paar Tage später kam eine Frau in die Tischlerei zu seinem Chef und wollte Lorenz sprechen. Er wurde aus der Werkstatt geholt und verwundert stand er einer ihm Unbekannten gegenüber und wartete auf eine Erklärung. Mit vor Bösartigkeit funkelnden Augen fiel sie sofort über ihn her: "Wie stellen Sie sich das vor, meine Tochter zu treffen?" Verwirrt antwortete Lorenz: „Aber warum denn nicht, wir sitzen im Kaffeehaus und unterhalten uns nur, was ist da dabei?" „Was dabei ist, fragen Sie? Ditta weiß ganz genau, dass uns das nicht recht ist, wenn sie sich mit irgendeinem dahergelaufenen Kerl trifft. Deshalb macht sie das auch heimlich, ohne unser Wissen. Aber mich kann sie nicht täuschen, *ich* habe nämlich eine Matura, im Unterschied zu anderen Leuten", und dabei funkelte sie Lorenz gehässig an. „Daher war es mir ein Leichtes herauszufinden, mit wem sie sich herumtreibt und ich habe es ihr auf den Kopf zugesagt, obwohl sie es leugnet. Mein Mann ist schließlich Schuldirektor. Was glauben Sie, was der Herr Schulinspektor sagen würde, wenn er Ditta mit einem Burschen, wie Sie einer sind, sehen würde? Das kann sie sich nicht leisten. Sie wird studieren und in eine gehobene Schicht einheiraten, in ihrem Leben ist für Menschen Ihres Niveaus kein Platz. Ich verbiete Ihnen, meine

Tochter nochmals zu sehen." Ohne eine Antwort abzuwarten verließ sie wutschnaubend das Büro.

Lorenz war ganz benommen und hätte ohnehin keine Antwort gewusst, auch wenn er Gelegenheit gehabt hätte eine zu äußern. Verdattert und niedergeschlagen ging er wieder an seine Arbeit, starrte aber nur verstört ins Leere. Er hatte plötzlich undefinierbare Magenbeschwerden und es war ihm übel. Da kam sein Chef, der, ohne es zu wollen, Zeuge dieses unliebsamen Vorfalles geworden war, zu ihm in die Werkstatt, legte seinen Arm auf seine Schulter und versuchte ihn zu trösten. Dass sich jedes Mädchen alle Finger abschlecken könne, das ihn, Lorenz, zum Freund haben würde, sagte er, und dass es sicher besser war, wenn er mit dieser aufgeblasenen Fuchtel nichts zu tun haben müsse, dass andere Mütter auch schöne Töchter hätten und diese sicher erfreut wären, einen solch schmucken und klugen Burschen an der Seite ihrer Tochter zu sehen. Aber Lorenz sagte nur mit belegter Stimme: „Danke, das ist sehr lieb von Ihnen." Mehr brachte er nicht aus seiner trockenen Kehle heraus.

In den folgenden Nächten wälzte sich Lorenz schlaflos von einer Seite auf die andere und dachte, dass er Ditta wahrscheinlich nie wieder sehen würde. Doch nach ein paar Tagen kam ein Brief von ihr. Sie habe erfahren, was ihre Mutter angerichtet habe, sie sei bestürzt und es sei ihr schrecklich peinlich. In dem Kaffeehaus könnten sie sich nicht mehr treffen, sie werde überwacht. Aber sie lasse sich nicht dreinreden von ihrer Familie, auch wenn sie sich momentan nicht wehren könne. Es werde nicht mehr lange dauern, denn im Herbst gehe sie nach Wien um zu studieren, dann sei sie endlich frei. Bis dahin müsse sie sehr vorsichtig sein. Sie gab ihm einen Ort an, wohin er mit seinem Auto kommen solle, da werde sie sein. Ihre Gefühle gingen nur sie etwas an und zu denen stehe sie.

Sie kam wirklich zum angegebenen Rendezvous, und sie fuhren in den nahen Wald. Da warf dann Ditta ihre Arme um seinen Hals und versicherte ihm, dass sie ihn sehr lieb habe und sie wies die Dünkel ihrer Familie weit von sich. Ihr sei ein Mensch mit Herz und Verstand und Gefühl um vieles lieber als all diese versnobten Lackaffen, mit denen man sie zusammenbrachte. Jegliche Distanz war verschwunden. Das früher so selbstsichere und etwas kühle Geschöpf war einfach ein verliebtes, hilfloses Mädchen, und ihre Aussprache endete mit Küssen und gegenseitigen Liebesbezeugungen.

Ihre Treffen in nächster Zeit arrangierte Ditta mit viel Vorsicht und gekonnter Schwindelei zu Hause, und so gelang es ihnen, sich in regelmäßigen Abständen zu sehen. Trotz aller Heimlichkeiten, oder vielleicht auch deshalb, hatte jedes ihrer Rendezvous einen besonderen Zauber und vermittelte ein tiefes Gefühl der Zusammengehörigkeit. Gerade weil es verboten war, wurde Lorenz zum Objekt von Dittas Sehnsucht, er wurde der Mann, an dem sie ihre romantischen Wünsche erproben konnte. Die Heimlichkeit erhöhte den Reiz ihrer Beziehung. Das war fast so wie bei Romeo und Julia, wie bei Tristan und Isolde. Er war die zur Wirklichkeit gewordene Vorstellung von großer Leidenschaft, er spielte die Rolle in ihrem Leben, die noch nie besetzt gewesen war, die der ersten Liebe.

Plötzlich war Lorenz mitten drinnen in einer großen Liebesgeschichte, und er fühlte sich als Held. Er war der Ritter, der sich dem Minnedienst verschreibt, der Abenteurer, der sich in Gefahr begibt und vielleicht auch Don Quichotte, der seiner Dulcinea huldigt. Er würde auch gegen Windmühlen kämpfen, wenn notwendig.

Dann kam die ersehnte Zeit, als Ditta endlich nach Wien zog. Sie wohnte in der Wohnung einer Tante, einer alten, feinen Dame, die großen Wert auf Sitte, Anstand und Ordnung legte. Herrenbesuche waren nicht gerne gesehen und nach 10 Uhr abends verboten. So oft es ging, fuhr Lorenz nun diesen langen Weg zu ihr, aber er wäre um die halbe Welt gefahren, um seine Ditta zu sehen. Sie machten lange Spaziergänge durch die Stadt, durch belebte Straßen und über weite Plätze und abends, im Schatten der großen Bäume in den Parkanlagen, küssten sie sich innig und fühlten sich frei und glücklich. Ditta schleuste Lorenz auch sehr vorsichtig in ihr Zimmer, da unterhielten sie sich dann in gedämpftem Ton und der Blick in die Zukunft war ein durchaus positiver. Sie machten Pläne. Ditta schlug vor, Lorenz solle sich eine Arbeitsstelle in ihrer Nähe suchen und die Abendmatura machen. Lorenz war zwar mit seinem Leben bis dahin recht zufrieden gewesen, aber für Ditta würde er vieles ändern, wenn es sein musste.

Als er ihr einmal eine von ihm geschnitzte Holzfigur schenkte, war sie ganz begeistert von seiner Begabung und meinte, vielleicht sei sogar sein künstlerisches Potenzial sein eigentlicher Weg in die Zukunft. Man würde sehen.

Schnitzen war für Lorenz eines der schönsten Dinge im Leben. Wenn er dasaß und aus einem Stück Holz mit seinen Händen etwas zum Leben erweckte, das nur er sah, noch lange bevor es Gestalt angenommen hatte, wenn es ihm gelang, dieses Etwas langsam herauszuarbeiten und entstehen zu lassen, vergaß er die Zeit und die Welt. Schon als Bub hatte er gerne mit Holz gespielt, hatte in einer Wurzel ein Gesicht entdeckt, das vielleicht einen Bart hatte oder auch eine große Nase. Sobald er handwerklich dazu in der Lage war, hatte er zu schnitzen angefangen. Zuerst waren es Tiere gewesen, wie sie standen oder saßen. Im Laufe der Zeit hatte er seine Technik verfeinert, und sein Anliegen war nun, eine Bewegung zu vermitteln, Leben in die Figur zu bringen. Er versuchte den Eindruck wiederzugeben, den er empfand, wenn er genau hinsah. Das Ducken der Katze vor dem Sprung wollte er einfangen, die Ruhe des Rehs beim ungestörten Äsen, das Bellen des Hundes sollte man hören oder auch den Flügelschlag des Vogels nachempfinden. All seine jahrelangen Beobachtungen in der Natur flossen in seine Arbeit ein. In letzter Zeit hatte er nun begonnen menschliche Figuren zu schnitzen und auch Gesichter versuchte er ausdrucksstark zu formen. Daran arbeitete er noch.

Sie kamen sich sehr nahe in dieser Zeit der Wochenendbesuche, auch wenn Lorenz nie bei Ditta übernachten durfte. Abgesehen von der Hausordnung, die das verbot, hatte Ditta die wie es schien unumstößliche Meinung, dass körperliche Liebe erst nach der Hochzeit stattfinden sollte. So gab es viel Zärtlichkeit zwischen ihnen, aber trotz all ihrer ungestümen Liebe, die Ditta offen zeigte, nur bis zu einer gewissen Grenze, da war sie unerbittlich. Und Lorenz akzeptierte ihre Vorstellung.

Immer öfter machte Ditta kleine Andeutungen über eine legitime Verbindung zwischen ihnen, über eine gewisse Sicherheit, die ein Mädchen gerne hätte, über Zugehörigkeitsgefühle und Zukunftsperspektiven. Sogar ihre Ringgröße gab sie ganz nebenbei preis. Endliche begriff Lorenz, worauf sie hinauswollte. Er kaufte einen wunderschönen Verlobungsring, der einen ganzen Monatslohn kostete, führte sie zu ihrem Jahrestag des Kennenlernens in ein sündhaft teures Lokal zum Abendessen und fragte sie, ob sie, wenn seine berufliche Laufbahn ihren Vorstellungen gemäß geändert sei, seine Frau werden wolle. Ditta reagierte mit einem glücklichen Ja.

In den nächsten Monaten fing Lorenz mit der Stellensuche in Wien an, aber die richtige Stelle war nicht so leicht zu finden. „Bis zum Herbst, wenn die Schule für die Abendmatura anfängt, wirst du schon das Richtige gefunden haben", war Ditta zuversichtlich. Lorenz war bedrückt. So eine gute Stelle wie er sie zurzeit hatte, war nicht so einfach zu finden. Und das mit der Schule am Abend würde schwierig werden. War er nach der Arbeit nicht zu müde für Schule und Lernen, und wie viel Zeit blieb ihm dann für Ditta in den nächsten Jahren, und was machte er dann überhaupt mit einer Matura? Sein Lehrmeister war der Wald mit seinen Bäumen, die Farnkräuter, die Vögel; sein Arbeitsmaterial war das Holz. Am Schreibtisch, hinter Büchern fühlte er sich immer ein wenig eingesperrt. Und ein Leben in der Stadt, zwischen diesen grauen, hohen Häusern konnte er sich nicht wirklich vorstellen.

Vielleicht lag es an seinem Zögern und der mangelnden Begeisterung für diese Lebensumstellung, dass sich ihre Beziehung veränderte. Es kam nun öfters vor, dass Ditta unwirsch auf seine Bedenken reagierte und dass er sich Gedanken machte, Ditta nicht das Leben bieten zu können, das sie sich von ihm erwartete. Auf einmal gab es Wochenenden, an denen Ditta keine Zeit für ihn hatte. Sie hatte gute Gründe dafür, Prüfungen, für die sie lernen musste, Einladungen, zu denen sie Lorenz nicht mitnehmen konnte. Aus einer glücklichen Beziehung war plötzlich eine belastende Situation geworden.

Das ging einige Wochen so, bis dann dieser Samstag kam. Lorenz erschien mit einem Strauß Blumen bei Ditta und wollte sie zärtlich umarmen, aber sie entzog sich ihm und sagte, sie müsse mit ihm sprechen. Mit ernsten Gesichtern setzten sie sich einander gegenüber an den Tisch und Ditta fing leise zu sprechen an: „Ich glaube, wir haben einen Fehler gemacht. Je länger ich hier bin und ein neues Leben vorfinde, das mich begeistert und das mich verändert hat, desto klarer wird mir, dass unsere Lebenswege verschieden sind. Diese verliebte Zeit mit dir, sie war wunderschön und all die romantischen Pläne, die wir hatten, waren so beglückend, aber es hat keinen Bestand in der Realität. Meine Wirklichkeit ist eine andere als deine. Das hat nichts mit den Dünkeln meiner Eltern zu tun. Ich habe ganz einfach in diesem Jahr gelernt, dass meine Vorstellungen vom Leben andere sind als deine. Es tut mir leid, wenn ich dir wehtue, aber ich möchte unsere Verlobung lösen". Und sie nahm ihren Ring vom Finger und schob ihn zu Lorenz hin.

Lorenz war vor den Kopf gestoßen, aber nicht so absolut überrascht. Irgendwie hatte er schon seit längerer Zeit gespürt, dass dieser Augenblick eines Tages kommen würde. Trotzdem war da ein riesengroßer Schmerz in ihm und er saß mit gesenktem Kopf da und wusste nichts zu sagen. „Behalte den Ring", sagte er dann nach einer Weile und schob ihn wieder zu Ditta hin, „als Erinnerung an eine Zeit, die sehr schön war und für die ich dir danke, als Erinnerung an die erste große Liebe." Er war den Tränen nahe, aber er nahm sich zusammen. Ditta ließ den Ring liegen und sagte mit leiser Stimme: „Ich verdiene das nicht. Ich muss dir noch etwas sagen. Es hat immer Ehrlichkeit zwischen uns geherrscht, deshalb werde ich dir die ganze Wahrheit sagen, auch wenn sie nicht schön ist und ich dich verletzen werde. Es gibt einen anderen Mann in meinem Leben, ich bin dir untreu geworden." Den letzten Satz brachte sie nur mehr mit tonloser Stimme heraus. Lorenz starrte sie mit ungläubigem Blick an. Das ging über sein Fassungsvermögen hinaus, das konnte sein Gehirn nicht verarbeiten, das konnten seine Gefühle nicht registrieren. Es dauerte eine Weile, bis er den Sinn dieses Satzes wirklich erfasste, so ungeheuerlich waren diese Worte. Denn wie sollte man so ohne Weiteres verstehen, dass es möglich wäre, mit jemandem, den man liebte oder zumindest glaubte, dass man ihn liebte, eineinhalb Jahre zusammen zu sein, sich mit ihm zu verloben und eine enthaltsame Beziehung zu leben, und dann kommt plötzlich ein anderer daher und ALLE PRINZIPIEN WERDEN UMGESTOSSEN.

Nach einem wirren Drehen im Kopf und einem langen Schweigen fragte dann Lorenz, ob dieser Mann der Grund für die Lösung ihrer Verlobung sei, wie lange sie ihn kenne und ob sie glaube, dass dieser Andere der Richtige sei für ihr Leben. „Nein", antwortete sie, „es ist ganz einfach passiert, nur so. Ich liebe ihn nicht einmal. Und für ihn war es wahrscheinlich auch nur ein Erlebnis für eine Nacht. Mehr will ich auch gar nicht." Nun war Lorenz vollends sprachlos. Er war in den Grundfesten seines Denkens erschüttert. Wie wenig man einander kannte, trotz aller Verliebtheit, trotz aller Nähe, an die man geglaubt hatte. Verbittert stand Lorenz auf und wollte gehen. Den Ring ließ er am Tisch liegen. Ditta zwang ihn, sich wieder zu setzen. „So darfst du nicht gehen, Lorenz. Wir haben immer über alles gesprochen, wir wollen auch das freundschaftlich zu Ende bringen. Auch wenn ich dir sehr wehgetan habe mit dem, was ich gemacht habe und auch wenn ich unsere Verlobung gelöst habe, muss ich dir noch sagen, dass ich dich immer noch liebe. So schnell löscht man Gefühle nicht aus, nicht mit einem Fehler, den man begangen hat, und auch der Verstand, der sicher recht hat und das Leben bestimmt, ist nicht fähig, Gefühle zu töten. Ich bin auch unendlich traurig. Komm, nimm mich in deinen Arm und tröste mich". Und sie zog ihren Sessel zu ihm hin und schmiegte sich an ihn.

So kam es dann. Einander trösten, noch einmal alle Gefühle hervorholen, bevor jeder in eine andere Richtung davon geht, Erinnerungen an die vielen schönen Stunden, Bedauern darüber, was man versäumt hat, Trauer um das, was nicht sein wird, Ausschalten des Verstandes, Festhalten des letzten Restes dieser großen romantischen Gefühle. Nachdem die große moralische Barriere der Keuschheit nicht mehr vorhanden war, taten sie dann endlich das, was Ditta so lange hinausgezögert hatte.

Es war die erste Nacht, die Lorenz bei Ditta bleiben durfte, ganz heimlich und verstohlen, und es war unendlich schön, es war die Erfüllung einer eineinhalbjährigen Wartezeit. Es blühte eine neue Art von Liebe auf zwischen ihnen, eine ver-ständnisvolle, eine die verzichten kann, eine, die den anderen in sein eigenes Leben entlässt. Bevor Lorenz dann am Sonntagnachmittag nach Hause fuhr, steckte er Ditta den Ring wieder an den Finger und sagte ihr, dass ihr dieser Glück bringen möge und sie immer daran erinnern solle, dass sie seine guten Gedanken für immer begleiten würden.

Seine Gefühle in nächster Zeit waren sehr zwiespältig. Da war zwar der Verlust von Ditta und ein Gefühl der Niederlage, aber da war auch die Erinnerung an diese wunderbare Nacht, diese Erfüllung all seiner Sehnsüchte, und da war auch die Freude, in seinem Ort bleiben zu dürfen, bei seiner gewohnten Arbeit, die ihm lieb war, mit seinen vertrauten Kollegen.

‚Eigentlich hat Ditta klarer gesehen als ich', dachte er nach einiger Zeit, als er die traurigen Gedanken überwunden hatte. ‚Sie hat als Erste die rosarote Brille abgenommen, vielleicht hat sie mir durch den Schmerz, den sie mir bereitet hat, einen noch größeren erspart.' Und ein Schwall von Zärtlichkeit und Dankbarkeit für das Erlebte löschte alle Traurigkeit in ihm aus.

*

Narben heilen manchmal schnell, auch Narben am Herzen, besonders wenn man jung ist, wenn man erkannt hat, dass es nicht das Glück fürs Leben war, und wenn das Angebot an Blumen im Garten der Liebe so üppig ist für einen jungen Mann, dann kann man sich in aller Ruhe auf die Suche nach der Richtigen machen. Zwischendurch kann man ein wenig im Blumengarten gustieren und an der einen oder anderen Blüte ausgiebig riechen.

6. REGINA

LORENZ FIEL KEIN GRUND EIN, WARUM SIE NICHT HEIRATEN SOLLTEN.

Ein paar Monate nach dem Ende der Beziehung mit Ditta lernte Lorenz ein sehr nettes Mädchen kennen, Regina war ihr Name. Ihr Kennenlernen war nicht spektakulär, es schlug kein Blitz ein, und es bereitete Lorenz auch keine schlaflosen Nächte. Regina war ganz einfach nett, eher still und unaufdringlich, man konnte sich in ihrer Nähe wohl fühlen. Sie verlieh Lorenz ein Gefühl von Überlegenheit und Sicherheit, sie war das Mädchen, das sich seinem Schritt anpasste und zu ihm aufblickte. Und das tat ihm gut nach seinen bisherigen Erfahrungen mit Frauen. Die Gedanken von Regina waren nicht so geistreich wie die von Ditta und sie drückte sich auch nicht so gewählt aus wie diese, aber sie verstand es die richtigen Fragen zu stellen und sie konnte dann gut zuhören, wenn Lorenz sie beantwortete. Dabei leuchteten ihre Augen in stiller Bewunderung, was nicht nur Lorenz' Selbstwertgefühl erheblich steigerte, sondern auch ein warmes Gefühl der Zuneigung für dieses Mädchen entstehen ließ. Im Laufe der Zeit kamen sie einander näher, es kam zu Küssen und Zärtlichkeiten, und irgendwann durfte Lorenz dann bei Regina übernachten. Sie hatte auch keine moralischen Bedenken, sie war voll von Liebesglück, Hingabe und Vertrauen. Nicht wahr, er meinte es ehrlich mit ihr, er war doch ein anständiger Bursche, fragte sie mit einem scheuen Lächeln. Denn Regina hatte auch bereits ihre Enttäuschungen hinter sich. Da war der eine und der andere Verführer gewesen, denen sie sich "hingegeben“ hatte und die sie dann verlassen hatten. So einer war Lorenz sicher nicht. Und sie schmiegte sich vertrauensvoll in seine Arme und seufzte wohlig.

Regina stellte Lorenz ihren Eltern vor, die sehr angetan waren von dem netten Freund, und auch die Eltern von Lorenz fanden Regina sehr sympathisch. Regina war zur Stelle, wann immer Lorenz Zeit hatte und wenn Lorenz nicht da war, besuchte Regina seine Eltern. Sehr bald schon hatten sie das Mädchen vollkommen in ihr Herz geschlossen. Regina hatte ein besonderes Talent die Herzen derer zu gewinnen, die sie für sich einnehmen wollte. Sie half Lorenz' Mutter bei der Gartenarbeit, ging mit ihr zur Maiandacht, half in der Küche, dafür bekam sie auch Tipps, was „der Bub“ gerne aß und wie seine Lieblingsspeise zubereitet wurde. Regina wusste, wie ein Schwiegermutterherz zu begeistern war. Die Eltern fanden, dass Lorenz nun endlich, nach all dem Firlefanz, den er bis dahin im Kopf gehabt hatte, eine zu ihm passende Partnerin gefunden hatte.

Auch Lorenz fand, dass Regina ganz gut in sein Leben mit seinen Plänen und Möglichkeiten passte. Für sie musste er keinen hochgesteckten Zielen nachlaufen, die vielleicht nie erreichbar waren. Sie war die Partnerin, die ihn mit all ihrer Kraft unterstützen würde, sie arbeitete im Büro und Verkauf eines Installateurs und brachte die Voraussetzungen mit, ihm hilfreich zur Seite zu stehen, wenn er eines Tages seinen eigenen Betrieb eröffnen würde. Mittlerweile durfte Regina auch schon „Mutter" und „Vater" zu seinen Eltern sagen und „du", nahm an allen Familienfesten teil und war irgendwie schon ein Teil der Familie geworden.

Es ergab sich dann zufällig, dass Regina eine ganz preiswerte kleine Wohnung zu mieten fand, eine so einmalig günstige Gelegenheit, dass es Dummheit gewesen wäre, sie nicht zu nehmen. „Dann heiratet doch ganz einfach bald", sagte seine Mutter mitten unterm Weihnachtskekse-Backen, bei dem Regina mit vor Eifer glühenden Backen half, „ob ihr jetzt heiratet oder später, ist doch gleich, ihr wollt ohnehin zusammenbleiben." Nur so zusammenziehen, ohne Trauschein, das hätte sich damals nicht geschickt, und Reginas Eltern hätten das auch nicht erlaubt. Also waren die Weichen für eine baldige Hochzeit gestellt. Alle freuten sich darüber. LORENZ FIEL KEIN GRUND EIN, WARUM SIE NICHT HEIRATEN SOLLTEN. Wenn alle davon überzeugt waren, dass es das Richtige sei und wenn es alle von ihm erwarteten, dann sollten sie wohl heiraten. Er hatte Regina doch gerne, ja natürlich hatte er sie gerne. Und eine bessere Frau als sie war, musste einer erst finden, so umsichtig, ordentlich und fleißig, dabei zärtlich und anschmiegsam.

Und so geschah es, dass Lorenz bald darauf vor dem Standesbeamten stand und auf dessen Frage

„ja" sagte und gleich darauf auch vor dem Herrn Pfarrer dieses „Ja" wiederholte, und an seiner Seite stand eine glückliche, in ein langes, weißes Kleid gehüllte Braut und strahlte ihn, an diesem schönsten Tag ihres Lebens, aus ihren wasserblauen Augen vertrauensvoll an. Die Mütter und weiblichen Verwandten vergossen Tränen der Rührung, so feierlich war diese Zeremonie und so gut gefiel ihnen das junge Paar. Es war eine schöne Hochzeit.

Lorenz kam das alles unwirklich vor. Er begriff nicht ganz, dass er es war, der da einen Bund fürs Leben schloss, eigentlich stand er neben sich und sah sich zu, war verwunderter Beobachter und wusste nicht so recht Bescheid über seine Gefühle. ‚Vielleicht ist das eine gewisse Verlegenheit, wenn man so im Mittelpunkt eines Geschehens steht', tröstete er sich über die Abwesenheit wirklicher Freude in sich drinnen hinweg. Aber dann kam die Freude doch. Das Leben mit Regina war angenehm. Sie hatte die kleine Wohnung zu einem kuscheligen Nest hergerichtet, sie verwöhnte und bekochte ihren Mann und brachte Ordnung in sein Leben. Einschlafen mit einer anschmiegsamen Frau im Arm, Zärtlichkeit und Liebe, wann immer man wollte, sozusagen legal und für alle Zeit, immer ein gemütliches Heim – es war doch schön, das Eheleben, Lorenz war zufrieden. Monatelang genoss er dieses Gefühl des Umsorgtwerdens. Nun trank er sein gelegentliches Bier, das er früher oft mit einem Freund im Gasthaus getrunken hatte, zu Hause. Aber irgendwie schmeckte es nicht so gut wie im

Lokal, es musste ein anderes Bier sein, das sie dort ausschenkten. Wenn er dann, nach getaner Tagesarbeit, mit seiner jungen Ehefrau im gemütlichen Wohnzimmer saß, wenn ihnen der Gesprächsstoff ausgegangen war und der Fernseher eingeschaltet wurde, befiel Lorenz so eine Art von Unruhe. Er konnte sein Glück, das er eine Zeitlang empfunden hatte, nicht mehr so richtig genießen. Eigentlich fühlte er sich angekettet, eingesperrt, seiner Freiheit beraubt.

Er dachte nach, was er sich denn von der Ehe erwartet hatte, und er fragte sich, was sich wohl Regina davon erhofft hatte. Wahrscheinlich das, was jeder will, dass der Partner alle offenen Wünsche erfüllen sollte, dass er den Sinn des Lebens bringen würde und das Glück überhaupt. Aber diese Erwartungshaltung wurde nicht erfüllt. Er spürte, dass auch Regina eine gewisse Unzufriedenheit in sich trug und dass sich so etwas wie Enttäuschung in ihr Leben schob. Die häusliche Idylle der Jungvermählten war von kurzer Dauer gewesen, die zarten Schleier der Romantik waren ziemlich schnell verflogen und das, was sie miteinander verband, war der gemeinsame Ablauf des alltäglichen Lebens. Schon nach kurzer Zeit waren die Wogen der Leidenschaft flach geworden. Aber wenn die Ebbe nicht die Flut nach sich zieht und die Flut die Ebbe, wird das Wasser schal und brackig. Alles Dasein braucht Bewegung, auch die Gefühle. Das Verharren in einem reglosen Zustand des Glückes ist auf Dauer nicht möglich. Lorenz fehlte auch die

Unbekümmertheit, dieser lockere Umgangston, der zwischen ihm und seinen Freunden herrschte. Regina war so ernst. Jetzt erst merkte er, dass sie keinen Humor hatte, selten lachte sie ein unbeschwertes Lachen. Auch wenn er mit Regina gemeinsam wegging, auch wenn er sie mitnahm in die Gesellschaft seiner Freunde und deren Begleiterinnen, war sie seltsam still und nie wirklich fröhlich. Sie war meistens einsilbig und lächelte gequält. Von ihr kam kein Beitrag zu einer Unterhaltung, kein impulsives Lachen, sie kam nie in unbeschwerte Stimmung. Und wenn in der fröhlichen Runde gelacht und gescherzt wurde, hatte Lorenz immer das Gefühl, dass sie diese unbekümmerten Scherze missbilligte und dass sie es ihm übel nahm, wenn er sich mit anderen gut unterhielt. Dabei lachte Lorenz so gerne. Er fand, man musste das Leben von der schönen Seite nehmen, denn alles ist so, wie man es selbst sieht, und er hatte nun einmal fröhliche Augen und ein weites Herz.

So schob er auch die kritischen Gedanken über ihre Ehe weit von sich und widmete sich seinen beruflichen Plänen, die er schon lange mit sich umher trug. Es waren ehrgeizige Pläne, die er vorhatte zu verwirklichen, und er war plötzlich energiegeladen und voll Tatendrang. Er wollte nun endgültig seine eigene Tischlerei. Dafür musste er die Meisterschule besuchen, zweimal die Woche am Abend, und nach einem Jahr konnte er die Meisterprüfung ablegen. Da blieb dann ohnehin wenig Zeit für Vergnügungen, und Gesprächsstoff zwischen ihm und Regina gab es auch genug mit Pläneschmieden und Vorbereiten auf die Selbständigkeit. Außerdem wollten sie auch bald mit dem Bau ihres Hauses anfangen, das gemeinsam mit der Werkstätte errichtet werden sollte. Die nächste Zeit war sehr anstrengend, tagsüber im Betrieb arbeiten, damit Geld ins Haus kam, abends die Schulbank drücken und auch noch lernen, Pläne ausarbeiten, Erkundigungen einziehen, Angebote einholen, vergleichen, organisieren. Tausend Dinge waren zu tun. Abends fiel Lorenz todmüde ins Bett und schlief auf der Stelle ein.

Zuerst schien es, als ob sie dieses große Ziel vor Augen näher zueinander bringen würde, sie verbinden würde in einer eingeschworenen Gemeinschaft, aber eigentlich nahm diese gewaltige Kraftanstrengung Lorenz so sehr in Anspruch, dass Regina irgendwie an den Rand gedrängt wurde. Wenn er an sie dachte, dann an so eine Art angenehmen Hausgenossen, aber meistens hatte er gar keine Zeit an sie zu denken, denn sein Kopf war randvoll angefüllt mit den, wie er meinte, wichtigen Dingen des Lebens. Nach einem Jahr war die Meisterprüfung geschafft und der Hausbau fing so richtig an, das nahm Lorenz noch mehr in Anspruch. Natürlich trug Regina auch das Ihre bei. Nach wie vor arbeitete sie in derselben Firma, hatte den Haushalt tadellos in Ordnung, umsorgte Lorenz, wo sie nur konnte und erledigte alles, was er an sie delegierte. Auch sie war abends müde. Es kam nun sehr oft vor, dass sie am Abend ins Bett sanken und nur mehr den Wunsch nach Schlaf hatten. Aber auch an den Abenden, wenn sie nicht so gestresst waren, blieben die Umarmungen aus, wurden zur großen Seltenheit, dafür wurden Gespräche über die bevorstehende Arbeit ins Ehebett verlagert.

Eines Nachts konnte Lorenz nicht und nicht einschlafen. Er wälzte sich von einer Seite auf die andere und die Gedanken fingen an ihre eigenen Wege zu gehen. Auf einmal dachte er darüber nach, dass er da neben seiner Frau lag, mit der er erst seit drei Jahren verheiratet war, und dass er sie seit Wochen nicht mehr begehrt hatte und auch jetzt kein Verlangen nach ihr hatte. ‚Das ist die Überanstrengung‘, beruhigte er sich, ‚wenn die ärgste Arbeit vorbei ist, wird das alles wieder anders.‘

Aber es wurde nicht anders, auch wenn ruhige Tage kamen. Er musste sich eingestehen, dass er ganz einfach kein Verlangen mehr nach seiner Frau hatte. Dabei hatte er sie gerne. ‚Wenn sie meine Schwester wäre‘, dachte er, ‚wäre mein Gefühl genau das richtige für sie. Ich mag sie, sie ist ein lieber Kamerad, und ich könnte ihr nie wehtun, aber Sympathie und Begehren sind unterschiedliche Dinge‘. Er bemühte sich, war zärtlich zu seiner Frau und schaffte auch die eine und andere halbherzige Umarmung, aber sie brachte keine wirkliche Nähe. Als er eines Abends lange nach Regina ins Bett ging, merkte er, dass sie sich schlafend stellte, obwohl er sah, dass sie noch wach war. ‚Vielleicht geht es ihr genauso wie mir‘, dachte er, ‚vielleicht ist es ihre Abwehr, die mich zurückhält. Man sollte einmal darüber sprechen, ganz offen miteinander reden'. Aber ihm fehlte der Mut dazu. Auch war Regina nicht die Frau, mit der man solche Dinge besprechen konnte, er hätte sie nur verletzt und gedemütigt. Und so erfuhr er nichts von ihren unerfüllten Sehnsüchten, die sie in sich trug und die auf Erfüllung warteten.

Alles lief weiter wie bisher. Nein, nicht ganz. Im Laufe des nächsten halben Jahres änderte sich Reginas Verhalten, eine gewisse Härte und Kälte umgab sie. Manchmal, wenn Lorenz nach Hause kam, war sie nicht da, hatte irgendeine Erklärung, die Eltern mussten besucht werden, mit einer Arbeitskollegin war sie im Kino gewesen, denn sie musste einmal hinaus aus dem Trott des Alltags, mit einer Freundin hatte sie sich vertratscht. Man spürte einen stillen Groll in ihr, der sie noch einsilbiger machte, und ihr Verhalten wurde abweisend und kühl. Eigentlich hätten bei Lorenz die Alarmglocken schrillen müssen, aber er schob alle Gedanken weg, aus vielen Gründen, denen er nicht nachgrübeln wollte. Außerdem wurde gerade das Haus verputzt, die Heizung war zu machen, die Böden waren zu verlegen und tausend andere Dinge warteten auf ihn. Bald würde das Ärgste vorbei sein, dann konnte er sich wieder um sein Eheleben kümmern.

Am Sonntagmorgen schlief Lorenz etwas länger. Als er dann in die Küche kam, saß Regina bleich, den Kopf in die Hände gestützt da und sprach kein Wort. „Bist du krank?", fragte er sie und legte seine

Hand auf ihren Arm, aber sie schüttelte seine Hand ab und antwortete nicht. „Was ist los mit dir?" Sie saß weiter in eisigem Schweigen und erst nach langer Zeit sagte sie mit tonloser Stimme: „Ich bin schwanger." Noch bevor Lorenz nachdenken konnte, ob das Kind überhaupt von ihm sein konnte, sprach sie weiter und sah ihn dabei feindselig an: „Du bist nicht der Vater." Es war wie ein Peitschenschlag, der auf Lorenz niederknallte. Er setzte sich hin und starrte Regina fassungslos an. „Wie konnte es dazu kommen, ich dachte unsere Ehe sei soweit in Ordnung?" – „Nein, das hast du nicht gedacht", antwortete Regina mit schriller Stimme, „du hast gar nicht über uns nachgedacht. Mich hat es für dich schon lange nicht mehr gegeben, ich war nur deine Haushälterin. Deine Gedanken haben nur dem Haus, der Werkstätte und deiner Zukunft gehört. Wie es mir geht, das war dir gleichgültig. Aber jeder braucht einen, der für ihn da ist, der sich um ihn kümmert und der ihn versteht. Und diesen Mann habe ich nun gefunden. Ich möchte mich scheiden lassen."

Als Lorenz am nächsten Tag von der Arbeit nach Hause kam, war Regina fort. Sie hatte ihre Sachen gepackt und war zu dem anderen gezogen. Sie hatten am Sonntag noch lange Gespräche geführt, Gespräche, die sie lange Zeit früher hätten führen müssen, die vielleicht verhindert hätten, dass sie sich so auseinander gelebt hatten. Aber diese Einsicht kam nun zu spät.

Die Scheidung war schnell ausgesprochen und die restlichen Sachen von Regina abgeholt. Eine große Leere verblieb in der ausgeräumten Wohnung. Lorenz war zutiefst gekränkt, verletzt und auch unglücklich. Er hatte gar nicht gewusst, wie stark seine Gefühle für Regina waren und wie sehr er sie gebraucht hatte. Es war eine große Lücke, die sie in sein Leben gerissen hatte. Aber all das erkannte er erst jetzt.

Er stürzte sich in die Arbeit. In Rekordzeit waren Haus und Werkstätte fertig. Er arbeitete Tag und Nacht, nur zum Schlafen und Essen und für ein gelegentliches Glas mit einem Freund verließ er sein neues Eigentum. Wenn er dann sah, was er alles schon geschaffen hatte, empfand er eine unendliche Genugtuung und auch das Verlassenwordensein von Regina rückte in etwas weitere Entfernung.

*

Jahre waren vergangen. Seine Tischlerei hatte er gut aufgebaut, er hatte genug Arbeit, hatte bereits drei Tischler angestellt und halbtags ein Mädchen für das Büro. Es wurde immer mehr Arbeit, denn er war ein guter Tischler und bei den Leuten beliebt. Seine Arbeit machte ihm Freude. Das Haus war wunderschön geworden, ein richtiges Vorzeigeobjekt. Er hatte sehr viel Arbeit hineingesteckt, alle Einrichtungsgegenstände, die aus Holz waren, hatte er selbst nach eigenen Vorstellungen gefertigt und hatte dabei seiner Kreativität freien Lauf gelassen.

Er hatte wieder gelernt alleine zu leben und er genoss seine Freiheit und seine Unabhängigkeit und versuchte sich das Leben so angenehm wie möglich zu machen. Frauen gab es genug, die sich für ihn interessierten und ihn auch trösteten und er ließ sich das ganz gerne gefallen, für eine kurze Weile. Aber seine Gefühle waren nicht groß genug, und es entstand keine Bereitschaft für eine längere Verbindung. Lorenz war nicht verbittert, und er war auch nicht von der Liebe enttäuscht. Seine Ehe hatte nicht funktioniert, und daran war zum Großteil er selbst schuld, musste er sich eingestehen, aber das hatte mit der Liebe an und für sich nichts zu tun. Er hatte eine wesentliche Erkenntnis aus seinen bisherigen Erfahrungen mit der Liebe gezogen, dass Gefühle nicht an einen einzigen Menschen gebunden sind, dass Gefühle immer wieder kommen und beständiger sind als Partnerschaften.

*

In der bunten Palette der Zeit seiner „Nachehefreiheit", wie er den Lebensabschnitt nach seiner Scheidung nannte, geschahen ihm viele Dinge und neue Erlebnisse kamen auf ihn zu. Je mehr Erfahrungen ihm das Leben bescherte, desto neugieriger wurde er auf weitere. Er war sehr aktiv. In seinem Beruf hatte er sehr viel zu tun, auch verbrachte er viel Zeit mit dem Schnitzen von Holzfiguren, worin er mittlerweile sehr geübt war und das Gefühl hatte, große Fortschritte gemacht zu haben. Dann war da noch der Schachklub, zu dem er wöchentlich ging, und da er ein guter Spieler war, hatte er auch hier seine Erfolgserlebnisse. Auch für seine Freunde blieb noch Zeit übrig für so manchen gemütlichen Abend.

Daneben fanden sich immer noch Gelegenheiten, ein bisschen von der Liebe zu träumen und fallweise mit einer zärtlichen Partnerin, die von den gleichen Sehnsüchten gedrängt wurde, für eine Weile der Einsamkeit zu entrinnen und ein kleines Stück vom Glück zu ergattern.

7. *LUISE-CHRISTIN*

GETEILTES GLÜCK IST DOPPELTES GLÜCK.

Es war ein lauer Abend, an dem Lorenz auf der Terrasse eines Hotels in einer ihm fremden Stadt saß. Er wohnte hier für ein paar Tage, weil in dem Städtchen ein Schachturnier stattfand, an dem er teilnahm. Morgen würden die letzten Spiele stattfinden, und er würde wieder abreisen. Der heutige Tag hatte ihn gefordert, und er war in Gedanken noch bei so manchem Schachzug. Er hatte vor, nach dem Abendessen einen kleinen Spaziergang zu machen und dann bald schlafen zu gehen, damit er morgen genug Konzentration aufbringen würde, um einen guten Platz zu belegen.

Zwei junge Frauen, etwa Mitte Zwanzig, betraten die Terrasse. Sie fielen Lorenz sofort auf, obwohl rund um ihn viele Menschen waren, denen er bisher keine Beachtung geschenkt hatte. Diese beiden Frauen wirkten lebendig, farbig, fröhlich vor dem Hintergrund einer unscheinbaren Masse. Da fast alle Tische besetzt waren und vielleicht auch, weil sie seinen interessierten Blick bemerkt hatten, fragten die beiden, ob sie an seinem Tisch Platz nehmen dürften. Mit einem freundlichen Lächeln bejahte Lorenz. Sie kamen ins Gespräch, eine lockere, unbeschwerte Unterhaltung fing an.

Die zwei Mädchen sahen bezaubernd aus, grundverschieden, eine hatte blonde, kurze Haare, der anderen fielen dunkle Haare bis zum Kinn, die sie mit selbstbewusster Geste zurückwarf und dann wieder spielerisch nach vorne gleiten ließ. Die Blonde war sehr schlank und hatte einen makellosen, hellen Teint, die Dunkelhaarige hatte nicht so feine Gesichtszüge, aber ihre dunklen Augen und ihr üppiger Mund ließen das vergessen. Trotz ihres unterschiedlichen Aussehens hatten sie eine Ähnlichkeit in ihrem Wesen, vielleicht war es die Sicherheit ihrer Bewegungen, die Art, wie sie sprachen oder die Fröhlichkeit ihres Lachens.

Etwas Außergewöhnliches war um die beiden Mädchen, eine gewisse Kühnheit in ihren Blicken, eine Herausforderung in ihrer Körperhaltung und ein fast zärtlicher Unterton, wenn sie miteinander redeten. Sie schienen sehr vertraut miteinander. Beide waren gleichermaßen freundlich zu ihm, und auch er wusste nicht, welcher von beiden er den Vorzug geben sollte. Eigentlich konnte Lorenz gar nicht sagen, was an einer Frau ihm gefiel. Da gab es keine Haarfarbe oder Augenfarbe, die er bevorzugt hätte, auch wusste er nicht, ob ihn eher eine üppige oder grazile Figur anzog. Es war auch nicht unbedingt die Ebenmäßigkeit von Gesichtszügen, die seine Aufmerksamkeit erregte. Manchmal war es nur die Art, wie eine Augenbraue hochgezogen wurde, dann wieder ein gewisser Schwung aus der Hüfte heraus beim Gehen oder der samtige Klang einer Stimme, die den Funken überspringen ließ.

„Wir heißen Luise-Christin", sagte auf einmal die Blondine, „und wie heißt du?" Sie hatten ihn von Anfang an mit einer Selbstverständlichkeit geduzt und er hatte das dann leicht zögernd auch getan. „Ich heiße Lorenz, aber wer heißt wie von euch beiden?" – „Eine heißt Luise und eine Christin. Aber wir sind eine Einheit von Luise-Christin, wir sind geistige Zwillinge. Wir erleben alles miteinander, wir teilen alles miteinander. DENN GETEILTES GLÜCK IST DOPPELTES GLÜCK." Lorenz lächelte sie wohlwollend an und verstand eigentlich nicht, was sie meinten. „Na dann rate ich einmal", sagte Lorenz. „Luise ist die Dunkelhaarige und Christin die Blonde, oder?" Sie lachten ein perlendes Lachen. „Wir sehen, du erkennst uns richtig", antwortete Luise, „vielleicht besteht auch eine Art von Seelenverwandtschaft zwischen uns dreien, man sollte das doch herausfinden!" Und sie funkelte ihn aus ihren großen, dunklen Augen an, dass er meinte, sie wäre die Frau, der er den Vorzug geben würde. Aber schon war da die weiche, lockende Stimme von Christin, nachtblaue Augen blitzten ihn herausfordernd an und das Lächeln um ihre glänzenden Lippen nahm ihn gefangen.

Lorenz lud die Mädchen zum Abendessen ein. Den Gedanken, früh zu Bett zu gehen, hatte er weit von sich geschoben. Man kann noch so viel schlafen in seinem Leben, dachte er, aber so einen Abend muss man genießen, wenn man die Gelegenheit dazu hat, denn er spürte, dass es ein besonderer Abend werden würde.

Das Abendessen zu dritt wurde ein delikates Erlebnis. Essen ist eigentlich Nahrungsaufnahme, dient der Sättigung des Magens, der Hunger hat, und ist auch zur Ergötzung des Gaumens geeignet, wenn es leckere Speisen gibt. Aber es muss nicht immer nur der Geschmack für den Gaumen sein, der verführt, und Essen heißt nicht immer Appetit stillen, manchmal ist es auch appetitanregend. Die Art, wie man ein Stück Fleisch in die Sauce tunkt und dann anschließend die Gabel zum Mund führt, wie bereitwillig die Lippen sich öffnen, um den leckeren Bissen in Empfang zu nehmen, wie genüsslich er zwischen Zunge und Gaumen bewegt wird, kann durchaus einen Anstoß für den Geist bedeuten, kann die Fantasie so anregen wie ein guter Aperitif den Magen. Selbst ein so banaler Vorgang wie das Kauen des Essens kann eine aufregende Sache sein, kann Botschaften vermitteln, Fragen stellen und Antworten geben.

Glänzende Lippen, die mit ihren ausdrucksvollen Bewegungen eine eigene Sprache sprachen ohne Worte zu benötigen, Blicke, die über den Rand des Glases aus umwölkten Augen auftauchten und mit offenem Entgegenkommen zu leuchten begannen, um sich dann unter schamvoll gesenkten Wimpern zurückzuziehen in eine ungewissen Aufforderung – das alles war die hohe Schule des Flirts, des Abtastens, des Anfragens und des Alles-offen-Lassens. Sogar der Klang der Gläser, wenn sie behutsam aneinandergestoßen wurden, war an diesem Abend ein ganz besonderer.

Auch die übliche Müdigkeit nach dem Essen stellte sich diesmal nicht ein, ganz im Gegenteil, man war beflügelt, voll von Überschwang, und die Bereitschaft für jede Torheit war zu spüren. Da niemand etwas von Abschied sagte, lud Lorenz die beiden jungen Frauen nach dem Abendessen in die Hotelbar ein. Noch immer versuchte er herauszufinden, welche ihm denn besser gefiele und welche von beiden sich für ihn interessierte. Aber Luise und Christin vertrieben diese Gedanken und zogen ihn in eine Atmosphäre von Lockungen und unausgesprochenen Versprechungen, in etwas rätselhaft Unvorstellbares. Es war ein bezauberndes Spiel, in das er geraten war, und er konnte und wollte vor allem nicht mehr hinaus aus diesem prickelnden Geschehen. Ab einem gewissen Zeitpunkt war er sicher, dass er sich gar nicht entscheiden musste, dass er nicht mehr planen und nicht denken musste, dass die Dinge von alleine ihren Lauf nahmen. In übermütiger Stimmung bestellte er Champagner. Sie tranken in großen Schlucken, die Gläser und die Augen der Mädchen funkelten um die Wette, und Lorenz gab sich der Faszination des Augenblicks hin. Verwirrend war die Situation für ihn, knisternd und voll Begehren, und er spürte das Glück zum Greifen nahe.

Glück macht auch müde, der Champagner nach dem guten Abendessen tat sein Übriges. Wohlig lehnte sich Lorenz in seinem Fauteuil zurück. Irgendwie war da ein Taumel in seinem Kopf. Er schloss die Augen – um seiner Verwirrung Herr zu werden, um seine Lage zu überdenken, nur für einen Augenblick wollte er sich sammeln, seiner Fantasie nachhängen. Nur für einen kurzen Augenblick...

Etwas kitzelte Lorenz an der Nase. Es war vielleicht eine Fliege, oder es waren die

Sonnenstrahlen, die schräg durch das Fenster in den Raum fielen, in den menschenleeren Raum, in dem nur er, zusammengekauert in seinem Fauteuil, saß. Sonnenstrahlen, mitten in der Nacht? Nein, es war heller Morgen. Die Tische waren abgeräumt, alle Geräusche der lebhaften Nacht verstummt, friedlich lag die Helligkeit des Morgens im Raum.

Nur langsam realisierte Lorenz, dass er alles verschlafen hatte – die Nacht mit Luise und Christin, die Chance auf ein außergewöhnliches Erlebnis, auf eine unglaubliche Geschichte, von der er nun nie wissen würde, wie sie weitergegangen wäre.

8. ELENA

WORTE WAREN NICHT MEHR NOTWENDIG.

Es war ein verregneter Sommer. Kaum war die Sonne einmal für ein paar Stunden am bedeckten Himmel zu sehen, zogen schon wieder Gewitterwolken auf und zerstörten mit einem Regenguss den Traum von Sonne, Wärme und gebräunter Haut. Danach war es dann wieder tagelang kühl und man musste ständig einen Pullover oder ein anderes warmes Kleidungsstück in Griffweite haben. Da im Betrieb gerade nicht Hochsaison war und Lorenz außerdem einen verlässlichen Vorarbeiter hatte, beschlossen er und sein Freund Alfons sich die bis dahin entgangenen Sommervergnügen und Badefreuden dort zu holen, wo die Sonne schien. Über ein Reisebüro fanden sich noch Hotelzimmer an der oberen Adria und sie fuhren erwartungsvoll und gut gelaunt Richtung Italien. Eine Woche Urlaub hatten sie geplant, und die würden sie genießen, jeden einzelnen Tag. Während der langen Autofahrt machten sie schon großartige Pläne – Sonne, Sand und Meer, Schwimmen im angenehmen Wasser, warme Abende bei einem Glas Wein in netter Gesellschaft, sie malten sich das sehr schön aus. Schlanke Blondinen aus dem hohen Norden würden sich für zwei so smarte Burschen interessieren, und wer weiß, welche Überraschungen und Abenteuer diese Woche Urlaub ihnen bringen würde. Jedenfalls würden sie gebräunt und gestählt nach Hause zurückkehren und jede Menge zu erzählen haben.

Die Sonne schien dann wirklich von einem wolkenlosen Himmel, als sie endlich, müde und erhitzt, am Nachmittag am Ziel waren. Das Hotel war zwar nicht so großartig wie erwartet und auch ihre Zimmer waren ziemlich klein, heiß und stickig, aber sie waren immerhin sauber, außerdem gingen sie ohnehin gleich an den Strand zur Abkühlung. Dort genossen sie dann die ersehnte Sonne, eine strahlende, unermüdlich vom Himmel brennende blanke Scheibe, deren sengende Hitze aber durch den ständigen leichten Wind vom Meer her gelindert wurde. Auch der nächste Tag brachte wieder allerbestes Wetter, und nachdem die beiden Freunde schon am Morgen leicht gerötete Haut vom Vortag hatten, cremten sie sich vorsorglich mit Sonnenmilch ein, und Alfons setzte sich dann ab Mittag unter einen Sonnenschirm und ging nach dem Mittagessen in sein Zimmer für ein Erholungsschläfchen. Lorenz aber wollte keine Stunde von dem kurzen Urlaubsvergnügen vergeuden, keinen Blick auf all diese wohlproportionierten, hübschen Mädchen am Strand versäumen, keine Chance auf Eroberung eines dieser leicht bekleideten Zauberwesen vertun. Blicke wurden hin und her geworfen, Lächeln erwidert, aber die richtige Gelegenheit hatte sich noch nicht ergeben.

„Sie sollten in den Schatten gehen oder sich etwas anziehen, sie haben einen schrecklichen Sonnenbrand", sagte dann auf einmal die hübscheste Blondine, die sich in seiner Nähe befand und die gerade ihre Tasche mit den Strandutensilien packte. Lorenz sah nur ganz beiläufig an sich hinunter und meinte: „Ist nicht so schlimm, ein bisschen muss man schon aushalten." – „Aber am Rücken sind Sie wirklich rot wie ein gekochter Krebs, das kann schlimme Folgen haben." Lorenz merkte jetzt auch ein leichtes Brennen auf der Haut, aber eigentlich dachte er, das Mädchen habe nur einen Vorwand gebraucht, um ihn, diesen unwiderstehlichen Burschen, anzusprechen. Als sie den Strand verließ, schloss er sich auch gleich an und lud sie auf ein Getränk in der kühlen Hotelhalle ein. Zögernd nahm sie an. „Nur ein Viertelstündchen", sagte sie, „ich muss dann gehen." Sie plauderten ein bisschen über Urlaub und Reisen, tranken ihre Erfrischung und hatten kaum ein paar persönliche Sätze ge-sprochen, als die junge Frau aufstand und sagte: „Danke für die Einladung. Ich muss jetzt gehen. Aber kommen Sie mit auf mein Zimmer, ich glaube, ich habe da etwas für Sie." Lorenz war total perplex. Das war ja sogar ihm zu schnell! Sie kannten sich noch kaum eine halbe Stunde und sie lud ihn auf ihr Zimmer ein. Ob das wirklich diese nordische Freizügigkeit war, von der man stets sprach? Ihm sollte es recht sein, er war immer für Über-raschungen zu haben, und er ging folgsam mit bis zu ihrem Zimmer. Zu seinem Erstaunen zog sie keinen Schlüssel aus der Tasche, sondern klopfte an der Tür. Ein athletischer, braungebrannter junger Mann öffnete und blickte sie fragend an.

„Das ist mein Freund Joachim", sagte das Mädchen, „und ich habe hier ein ziemlich arges Sonnenbrandopfer. Kannst du mir das Fläschchen mit dem Balsam gegen Sonnenbrand geben, der arme Kerl hat das dringend nötig. Ich schenke es Ihnen, ich habe noch eines davon", sagte sie dann zu Lorenz. „Sie werden es sicher heute Nacht noch gut gebrauchen, und ich hoffe für Sie, dass der Sonnenbrand nicht allzu schlimm wird." Damit verabschiedete sie ihn mit einem Händedruck und zog die Tür hinter sich zu.

,Die ist dann wohl eher eine Samariterin und nicht so sehr an einem Flirt mit mir interessiert', dachte Lorenz etwas kleinlaut und spürte plötzlich eine flammende Hitze am Rücken. Er ging in sein Zimmer, duschte und trug den lindernden Balsam auf seine gerötete Haut auf. Trotzdem wurde dann beim Abendessen das Brennen immer heftiger und das Hemd auf seiner Haut fast unerträglich. Auch das Essen schmeckte nicht mehr so richtig und er ging sehr bald ins Bett. Die Nacht brachte Kopfschmerzen und Übelkeit, und am Morgen war es so schlimm, dass er nicht fähig war aufzustehen. Im fiebrigen Dämmerzustand, mit Schwindel, Erbrechen und schmerzender Haut verbrachte er den Tag im Bett bei zugezogenen Vorhängen. Auch am nächsten Tag fühlte er sich noch krank und abgeschlagen. Das Schlimmste aber war das, was er versäumte. Es war fast die Hälfte des Urlaubs vorbei und er lag matt und fiebernd im Bett. Wo waren die Abenteuer, von denen er geträumt hatte? Meer und Sonne und all die hübschen Mädchen waren außerhalb seines verdunkelten Zimmers und für ihn unerreichbar. Auch Alfons war enttäuscht und schlich mit verdüsterter Miene hin und wieder in sein Zimmer.

„È malato?", hörte Lorenz plötzlich eine weibliche Stimme anteilnehmend fragen. „Ma che scottatura! Poverino." Das Stubenmädchen stand vor ihm, und obwohl sie Handtücher und Bettwäsche in den Händen hielt, brachte sie es fertig bei ihren Worten heftig zu gestikulieren. „Parla l'italiano?" Lorenz schüttelte den Kopf. Die junge Frau ging näher zu ihm, legte ihre Hand auf seine Stirn und sagte: „Ha la febbre. You have fever." Dann ging sie weg und kam kurz danach mit einem Tablett mit einigen Utensilien darauf zurück. Sie löste ein Tablette in einem Glas Wasser auf und sagte: „You must drink." Folgsam leerte Lorenz das Glas, es war der Geschmack von Aspirin. Dann zupfte sie an seiner Pyjamajacke und sagte: „Take that off." Daraufhin nahm sie eine Tube und cremte mit ganz vorsichtigen Bewegungen seinen Rücken ein. Wie kühlend diese Creme war und wie wohl diese Hände taten, er fühlte sich gleich besser. Nachdem das Mädchen ein wenig Ordnung gemacht und gelüftet hatte, zog sie wieder die Vorhänge zu und sagte: „Later I come again. You now sleep." Und tatsächlich fiel Lorenz in einen wohltuenden Schlummer und wurde erst wach, als die Stehlampe angeknipst wurde und es draußen schon dunkel war. Neben seinem Bett stand das Stubenmädchen und lächelte ihn an: „How are you? You feel better?"

Lorenz fühlte sich besser, er konnte bereits ein Lächeln zurückgeben, und auch sein Wahrnehmungsvermögen war wieder hergestellt. Er betrachtete die junge Frau. Sie war eine kleine, kurzbeinige, dunkelhaarige, lebhafte Person, etwa Anfang zwanzig mit großen, dunkelbraunen Augen und einem fröhlichen Lächeln. Sie brachte ihm einen Krug mit gekühltem Zitronentee und schenkte ihm ein, sie fühlte seine Stirn und stellte fest, dass sie nicht mehr heiß war und sie cremte ihm wieder seinen Rücken ein, der auch nicht mehr so schmerzte. Dann wollte sie wieder das Zimmer verlassen. Lorenz griff nach ihrer Hand. „Thank you very much for everything." Sie nickte lächelnd. „You are my…" rettender Engel wollte er sagen oder zumindest Engel, aber mit den paar Brocken Englisch, die er noch aus der Schule kannte, fiel ihm so schnell nicht das richtige Wort ein. Da erinnerte er sich, dass in der Lade des kleinen Schreibtisches im Zimmer Papier und Kugelschreiber lagen und er holte es hervor und fing an zu zeichnen. Er zeichnete einen wunderschönen Engel mit besonders großen Flügel und einem engelhaftem Gesicht. Dann fragte er: „Your name?" – „Elena", sagte das Mädchen und mit schönen Buchstaben schrieb er den Namen darunter. Elenas Augen leuchteten auf. „Angelo", sagte sie und deutete auf den Engel, „very nice", und man merkte ihr an, dass auch sie viel mehr sagen wollte und nicht die richtigen Worte in Englisch wusste. Sie nahm das Blatt Papier an sich, drückte es an ihre Brust und sagte nur: „Thank you."

Am nächsten Tag ging es Lorenz etwas besser und er konnte das Zimmer schon wieder verlassen. Zwar noch etwas müde, ging er schwimmen, saß unter dem Sonnenschirm und ging mit einem langärmeligen Hemd bekleidet am Strand spazieren. Irgendwie war sein Unternehmungsgeist noch nicht ganz wiederhergestellt. Der Urlaub hatte sich ganz anders entwickelt als er sich das vorgestellt hatte. Der braungebrannte Held, der mädchenbetörende Charmeur war in weite Ferne entschwunden. Auch sein Körper fühlte sich nicht fit und gestählt an, sondern war eher erholungsbedürftig. So verbrachten sie die verbleibenden Tage mit Schwimmen und im Schatten liegen, mit gutem Essen und sich ein wenig die Gegend ansehen. Eigentlich war das auch ganz schön. Nächtliche Diskobesuche mit Tanzen und Sitzen an der Bar gehörten wohl auch dazu, aber irgendwie ergaben sich keine näheren Bekanntschaften. Erst am letzten Tag lernte Alfons ein nettes Mädchen kennen, mit dem er heftig flirtete, und Lorenz konnte ihn bei seinem Versuch, doch noch zu einer Urlaubsepisode zu kommen, nicht stören. So verbrachte er den letzten Nachmittag alleine und ging gerade auf sein Zimmer, um sich für das Abendessen umzuziehen, als ihm sein Engel namens Elena entgegenkam.

Sie sah ganz anders aus als er sie in Erinnerung hatte. Anstelle des schlichten Stubenmädchenkittels hatte sie ein kurzes rosa Kleid an, das ihre wohlgeformten Beine zeigte und in dem ihre hübsche Figur zur Geltung kam. „Oh, very nice", strahlte er sie an und an seinem bewundernden Blick merkte sie, dass sie ihm gefiel, obwohl ihm die Worte fehlten, ihr weitere Komplimente zu machen. „You are ok?", gab sie zurück, „I am glad." Sie schwiegen beide, keiner entsann sich irgendwelcher Worte in Englisch, die er noch sagen hätte können. „You not work today?", setzte Lorenz dann die Unterhaltung in seinem unvollkommenen Englisch fort. „I go home, I am free now", antwortete sie und wollte schon weitergehen, als Lorenz doch noch herausbrachte „Have a drink together", und er deutete auf sie und auf ihn. Als sie nickte, setzte er noch schnell hinzu „ten minutes", und er zeigte auf seine Badehose und seinen Zimmerschlüssel, den er in der Hand hielt. Sie verstand. Lorenz brauchte nicht einmal zehn Minuten bis er wieder an ihrer Seite war und sie gemeinsam das Hotel verließen. Sie schlenderten durch die Straßen, es war sehr heiß, und es waren an diesem Abend sehr viele Leute unterwegs, fröhliche Menschen, die durch die Straßen drängten und Geschäfte und Lokale bevölkerten.

Mit dem Sprechen hatten Lorenz und Elena so ihre Schwierigkeiten, aber eigentlich brauchten sie dieses Hilfsmittel Sprache gar nicht, diese Krücken von Worten, die man so leicht missverstehen konnte. Ihre Unterhaltung funktionierte blendend. Sie sprachen mit dem ganzen Körper, vor allem mit ihren Augen und ihrer Mimik, mit ihrem Lächeln und ihrem Lachen. Elena hatte die gleiche Ausgabe von beredten Augen wie Lorenz, nur in einem dunkleren Braun, in denen alles Wichtige zu lesen stand. Freude, Überraschung, Frage, Nachdenken, Bewunderung, Einverständnis – um das auszudrücken, dazu brauchte man wirklich keine Worte. „You like?", fragte Elena und zeigte auf ein Eisgeschäft am Straßenrand und ein Nicken von Lorenz und ein Zeigen auf die Eissorten, die er bevorzugte, und einen Geldschein über die Theke reichen genügten, und sie hielten schon jeder eine Tüte mit köstlichem Eis in der Hand. „Gelato", sagte Elena und deutete auf das Eis. „Gelato" wiederholte Lorenz und versuchte ihre Aussprache nachzumachen, was ihm ein anerkennendes Nicken seiner Partnerin einbrachte. Irgendwann hatten sie dann Durst und Hunger und setzten sich in ein Lokal. Elena erklärte ihm die Speisekarte, er verstand zwar nicht, was sie sagte, aber er wusste, wie köstlich diese Speisen schmeckten allein durch den Ausdruck in ihrem Gesicht. Er fand es wunderbar, wenn sie Italienisch sprach, es klang wie eine ins Ohr gehende Melodie, von ausdrucksvollen Lippen gesungen. Stundenlang hätte er ihr zuhören können. Er wagte es gar nicht, etwas in seiner Sprache zu sagen, zu hart wären ihm die Worte vorgekommen. Elena schaffte es, ihm die verschiedenen Fleischsorten zu übersetzen, und sie hatten viel Spaß dabei, bei Muhen und Grunzen und Gackern und dem Nachahmen der Schwimmbewegungen des Fisches. Auch die viel komplizierter zu erklärenden Gemüsesorten und Beilagen machte sie ihm verständlich. Doch für die wirklich wichtigen Dinge brauchten sie nicht so viele Gesten und Geräusche. Zu zeigen, dass sie großen Gefallen aneinander hatten, dazu mussten sie sich nicht sehr anstrengen, das stand ihnen beiden ins Gesicht geschrieben.

Nach dem Abendessen war es schon dunkel, und sie spazierten zum Meer hinunter. Sie gingen bis an den Rand des Wassers, das mit leichtem Wellenschlag ans Ufer klatschte, und sie schlenderten den Strand entlang. Ihre Schuhe hatten sie ausgezogen und in die Hand genommen und fühlten den nunmehr kühlen Sand mit ihren bloßen Füßen. Lange gingen sie schweigend dahin. „How beautiful", sagte Elena und deutete auf den Sternenhimmel, der sich über sie spannte und Lorenz nickte und setzte fort: „My last night tonight, I leave tomorrow." Beide seufzten tief und schwiegen. WORTE WAREN NICHT MEHR NOTWENDIG. Da wurde die uralte Sprache der Natur gesprochen, das Plätschern des Wassers, darüber das Leuchten der Gestirne, der leichte Wind vom Meer her. Lorenz legte seinen Arm um Elena und sie lehnte ihren Kopf an seine Schulter. Langsam stapften sie gemeinsam durch den Sand und atmeten die feuchte und duftende Luft ein. Ein an den Strand gezogenes Boot lud sie dann zum Sitzen ein und unter diesem dunklen, diamantenbesetzten Himmelszelt schmiegten sie sich eng aneinander. Die Nacht breitete ihre dunklen Flügel über Meer und Land und senkte ihre Träume in die Herzen der Menschen. Das Meer sang in wellenschlagendem Gleichmaß die Zeit hinweg und machte die flüchtenden Stunden spürbar. Der Wunsch wurde übermächtig, so viel wie möglich in diese knappe verfügbare Weile hineinzupacken, noch alles zu erleben, was möglich war, mitzunehmen, zumindest als Erinnerung an erlebtes Glück, in diese andere Welt, in die man wieder gehen musste, jeder für sich. Diese auflodernden Gefühle, die Sehnsucht nach Nähe, der Wunsch den Augenblick festzuhalten, all diese Empfindungen mündeten in eine lange Umarmung und ließen sie die Welt ringsum vergessen, und in den sternenhellen Stunden dieser warmen Sommernacht erblühte für sie die dunkle Blume der Leidenschaft.

„Elena, mio angelo, I never will forget you", sagte Lorenz dann zum Abschied. Den Rest sagte er mit Blicken, mit Küssen und zärtlichen Gesten und Elenas Augen waren feucht, als sie traurig antwortete: „Amore mio! Lorenzo, ti amo."

*

Es waren schöne Erlebnisse, die Lorenz in diesen Jahren hatte, die ihn auch glücklich machten und ihm das Gefühl verliehen reich beschenkt zu werden. Es war aber wohl auch sein Talent, sich an den Augenblick zu verschwenden, seine bedingungslose Hinwendung an dieses eine Gegenüber, an die jeweilige Frau, die er im Moment zur Gänze erfasste in ihrer Weiblichkeit und ihrer Einmaligkeit. Dann standen die Gedanken still und nur die Gefühle lebten und ließen immer wieder dieses Wunder an Nähe und Zueinanderfinden entstehen. So wurde jede scheinbare Episode zu einem beglückenden Erlebnis, das Körper und Seele sättigte.

Und doch blieb er allein, was ihm hin und wieder schmerzlich bewusst wurde. Er lebte so dahin, es ging ihm nicht schlecht, er hatte ausreichend Arbeit und genug Einkommen und an Zerstreuung mangelte es auch nicht. Nur manchmal kam so eine Art Heimweh über ihn, es war der Wunsch zu jemandem zu gehören, jemanden Anteil nehmen zu lassen an seinem Leben, an seinen Gedanken, Wünschen und Plänen.

Da gab es manchmal Tage oder auch Nächte, jedenfalls Augenblicke, da spürte er, dass etwas fehlte. Vielleicht waren es die letzten Sonnenstrahlen, die noch sanft über die Hügel strichen, bevor sie sich hinter die Dunkelheit zurückzogen. Ein andermal waren es graue Wolken, die mit zarten Fingern Regen auf die Erde schickten und eine eigenartige Melancholie entstehen ließen. Das waren dann die Momente, wo sich etwas schwer auf das Herz von Lorenz legte und er eine wehmütige Einsamkeit spürte. Eine Hand wollte er auf der seinen spüren, seinen Blick in Augen tauchen, die ihm sagten, dass da noch jemand sei, der das Gleiche empfindet, der Teil hat an seinem Leben.

Aber da war niemand. Niemand, mit dem sich genug Gemeinsamkeit finden ließ, niemand, der so viel Anziehungskraft besessen hätte, dass er in sein Leben hineingedurft hätte.

Er spürte eine Sehnsucht in sich, die ihm von einem Gegenüber erzählte, das ihn erkannte, ihn annehmen konnte, so wie er war, das ihn ergänzte und mit dem zusammen er vollkommen sein konnte. Oft fragte er sich, ob es die große Liebe überhaupt gäbe, oder ob wir nur diese tiefe Sehnsucht nach ihr in uns trügen und den Wunsch, dieses Verlangen zu stillen.

Er sollte Antwort auf seine Frage bekommen.

9. DARIA

STUNDEN DES GLÜCKES HABEN MEHR MINUTEN ALS
DIE DER ALLTÄGLICHKEIT.

An einem Samstagvormittag wollte er in der Stadt etwas besorgen. Er hatte es eilig und ging mit ausholenden Schritten und in Gedanken versunken über einen belebten Platz mit vielen Schaufenstern und vielen Menschen und geschäftigem Treiben. Ein diesiger Himmel lag über der Stadt und machte alles ein wenig trostlos.

DA SAH ER SIE.

PLÖTZLICH WURDE ES HELL, STRAHLENDES SONNENLICHT LEGTE SICH ÜBER DIE STADT. DER PLATZ WURDE WEIT, DIE HÄUSER WAREN AUS ELFENBEIN GESCHNITZT MIT PORTALEN AUS PERLMUTT UND JADE. DER HIMMEL, DER SICH DARÜBER SPANNTE, WAR EIN LEUCHTENDER AQUAMARIN, GOLDSTAUB FLIRRTE IN DER LUFT. ALLE MENSCHEN RÜCKTEN IN DEN HINTERGRUND, SIE WURDEN VERSCHWINDEND KLEIN UND UNBEDEUTEND. NUR DIE EINE FRAU VOR IHM, DIESES BEZAUBERNDE WESEN, NAHM IHN GEFANGEN MIT EINDRINGLICHER WIRKLICHKEIT. DER DUFT VON ROSEN WAR AUF EINMAL ZU SPÜREN.

KNAPP VOR IHM GING EINE HÜBSCHE, JUNGE FRAU, DIE IN EIN SCHAUFENSTER BLICKTE, SICH DANN ABWANDTE UND MIT FEDERNDEN SCHRITTEN VOR IHM HERSCHRITT. ER HATTE GERADE NOCH EIN EDEL GESCHNITTENES PROFIL ERBLICKT, NUN SAH ER VON HINTEN SCHULTERLANGE, DUNKLE HAARE UND EINE WOHLGEFORMTE FIGUR.

Einige Gassen ging er in angemessenem Abstand hinter dieser zauberhaften Frau her, wie Stahl von einem Magneten angezogen. Schließlich blieb sie vor einem Haus stehen, drehte sich noch halb zu ihm, streifte ihn mit einem kurzen Blick, der ganz tief in seine Augen eintauchte, sperrte das Haustor auf und verschwand. Verwirrt blieb er stehen und wusste nicht was tun. Er ging noch ein paar Mal vor dem Haus hin und her, um dann doch unschlüssigen Schrittes wegzugehen.

War das ein Traum gewesen, war es Wirklichkeit? Sich mühsam sammelnd ging er dann zu dem Geschäft um das zu kaufen, weshalb er in die Stadt gefahren war.

Den ganzen Tag verbrachte er unruhig, geistig abwesend, unkonzentriert. Die junge Frau ging ihm nicht aus dem Kopf. Was hätte er tun können, hätte er sie ansprechen sollen, aber das wäre nicht schicklich gewesen. Fast vergaß er die Abendeinladung zum Geburtstagsfest eines Freundes. Aber nachdem der laue Sommerabend ungenützt vor ihm lag und er den Tag so lustlos verbracht hatte, wollte er sich ein wenig ablenken und fuhr hin.

Es waren schon sehr viele Leute im wunderbar gepflegten Garten, Lampions hingen zwischen hohen Bäumen, Hortensien blühten in Pastellfarben. Ein orangegoldener Vorhang aus Wolkendunst und Abendsonnenlicht hing über den Hügeln am Horizont. Musik klang aus einer Ecke des Gartens. Er hatte schon viele Hände geschüttelt, hatte geplaudert, ein Begrüßungsglas getrunken, und der Geruch von gegrilltem Fleisch und Würstchen stieg in seine Nase. Da setzte sein Herzschlag für einen Moment aus, um dann umso heftiger zu pochen. *Sie* war da. Sie stand neben einem weiß blühenden Hibiskusstrauch, hielt ein Glas in der Hand und plauderte mit ein paar Leuten.

Wie gebannt blieb er stehen und konnte seine Augen nicht von ihr wenden. Ihre Haltung war so anmutig, ihre Bewegungen so weich, so bezaubernd. Noch nie hatte er eine Frau wie diese gesehen. Sie trug ein locker fallendes, knöchellanges schwarzes Kleid mit Spaghettiträgern, ihre Schultern waren leicht gebräunt. Da drehte sie ihr Gesicht zu ihm, und ihr Blick lag voll auf ihm. Unbeweglich standen sie beide da und schauten einander an. Für einen kurzen Moment stand auch die Zeit still und verharrte atemlos. Wie Lorenz. Es musste das gleiche Leuchten in ihrer beider Gesichter gewesen sein, das sie zueinander hinzog. Lorenz wusste – das war die Frau, die er immer gesucht hatte. Und er spürte, dass da ein Funke übergesprungen war.

Er wartete noch eine Weile um sich zu sammeln, zu fassen von diesem betäubend seligen Taumel in sich, um den kostbaren Augenblick festzuhalten. Doch dann drängte es ihn hin zu ihr, und er trat in den kleinen Kreis von Leuten, in dem sie sich befand. Sie wurden vorgestellt, er spürte das erste Mal ihre Hand in der seinen. Fest war diese Hand und auch irgendwie locker und federleicht. Dann hörte er zum ersten Mal ihre Stimme, sie war wie ein seltenes Instrument, das zum Klingen gebracht wurde, sie war wie schmelzendes Glas, so klar und so weich fließend. Er hatte das Gefühl, seine eigene Stimme sei eigenartig rau und belegt, aber bald war er sich seiner Stimme nicht mehr bewusst, denn das Gespräch, in das sie ihn gezogen hatte, nahm ihn ganz in Anspruch.

Dann war da noch dieser Name, Daria, so ungewöhnlich wie dieses feenhafte Wesen an seiner Seite war auch der Name. Er passte zu ihr, er zerging auf der Zunge wie ein köstliches Bonbon, er war eine eigene Melodie, komponiert nur für diese Frau.

Seine Vermutung heute Vormittag war richtig gewesen – es war ein Traum! Alles war so leicht, die Schwerkraft war verändert, er hatte das Gefühl er könne fliegen, wenn er nur die Arme ausbreitete und sie bewegte. Aber er wollte nicht davonfliegen, er wollte auf der Erde bleiben und festhalten, was er soeben gefunden hatte. Es war das Glück, das neben ihm stand, das er nicht mehr loslassen wollte.

Der Abend wurde zum Fest. In Lorenz entstand ein berauschendes Hochgefühl, das ihn emporhob aus seiner sonstigen Zurückhaltung und er wurde charmant, witzig und geistreich. Er spürte bereits, wie ihn diese Frau veränderte. Sie führten angeregte und amüsante Gespräche in der Runde, aber bald waren die Gesprächspartner weggegangen, durch andere ersetzt, die wieder gegangen waren, und sie beide waren allein geblieben.

Irgendwann, Stunden später, machten sie sich auf zu einem Spaziergang durch menschenleere Straßen zwischen Häusern und Obstgärten. Der Mond webte seine Strahlen in die Dunkelheit und vergoss sein Licht zwischen die Silhouetten der Bäume und Häuser. Ihr Gespräch war versiegt, da ergriff Lorenz die Hand von Daria, die sie ihm nicht entzog. „Für mich ist das alles wie im Traum", fing Lorenz an zu sprechen, denn er fühlte, dass er handeln musste, dass er sie nicht weggehen lassen konnte ohne ihr gesagt zu haben, was sie ihm bedeutete. Und er erzählte ihr von der Faszination, die bereits ihr Anblick am Vormittag auf ihn ausgeübt hatte und dass dieses Wiedersehen wie ein Wunder für ihn sei, und sagte ihr, dass er sie unbedingt wiedersehen müsse. „Am besten gleich morgen, damit ich weiß, dass das alles Wirklichkeit ist und nicht ein Hirngespinst." Daria drückte sein Hand ganz fest und antwortete mit weicher Stimme: „Gerne. Auch ich will Sie wiedersehen, und auch am liebsten gleich morgen."

Als sie sich am nächsten Tag wiedersahen, war es wie bei Menschen, die einander schon lange kannten. Alles, was Daria sagte, klang vertraut, es gab da nichts Fremdes zwischen ihnen, nichts, das er nicht auch schon irgendwann einmal gedacht und empfunden hätte. Sie hatten viel zu fragen und zu erzählen, aber die scheuen Berührungen ihrer Hände und das Leuchten in ihren Augen berichtete viel mehr als es Worte vermocht hätten. Mit ihren Blicken sagten sie all das, was in Worte zu fassen noch viel zu früh gewesen wäre. Es gab da kein Zögern, kein Nachdenken, sie sahen einander an, und sie gingen ineinander hinein, in das Herz, in die Seele, in das Leben des anderen, für alle Zeit.

Denn es gibt sie, die große Liebe. Und auch die Liebe auf den ersten Blick. Vielleicht nicht für alle, aber für Auserkorene, die auf die Liebe warten, die sich nach ihr sehnen, die sie empfinden können, die bereit sind dafür, zu denen kommt sie vielleicht, wenn es das Glück so will. Dann muss man nicht denken, nicht überlegen und nicht taktieren. Man muss nur lieben, Liebe geben und Liebe nehmen. Und man gehört zu den Auserwählten des Lebens und hält ein Stück vom Paradies in Händen.

Die nächste Zeit war so wundervoll, dass Lorenz manchmal daran zweifelte, dass er es war, dem dies widerfuhr, es war wie im Kino, so unwahrscheinlich. Und doch geschah es ihnen beiden in Wirklichkeit. Die Liebe mit Daria war Glück, ein Glück, das man sich nicht vorstellen und nicht wünschen konnte, bevor es einem widerfuhr, denn man wusste nicht, dass es so etwas in dieser Welt gibt.

Daria war die Frau, die ihm geschickt worden war, damit sein Leben ganz das seine wurde. Sie veränderte sein Leben, aber nur in die Richtung hin zu ihm selbst. Daria war so etwas wie Heimat für ihn, wie Angekommen-Sein nach langem Suchen. Sie war die Frau, die die Verkrustungen um ihn löste und ihm den Weg ins Freie zeigte, aus seiner Eingeschlossenheit, in der er in letzter Zeit gelebt hatte. Sie stellte die richtigen Fragen, Fragen, die zu stellen er nie gewagt hatte, denn er hätte keine Antwort darauf gewusst. Aber nun kamen die Antworten von ganz alleine. Alles wurde einfach, denn das Leben hatte sich dem Prinzip der Liebe unterworfen. Das Dasein hatte die richtige Richtung.

Daria war in einer Galerie beschäftigt, wo Bilder und sonstige Kunstgegenstände verkauft wurden. Sie hatte eine Kunstgewerbeschule besucht, modellierte, töpferte, bemalte Seidenbilder und Schals und verkaufte auch manche der von ihr erzeugten Gegenstände und fühlte sich wohl in ihrem Tun. Sie wohnte und arbeitete in einer Stadt, die zwanzig Kilometer von Lorenz' Zuhause entfernt war. Das war vielleicht nicht weit, aber viel zu weit für zwei, die es so sehr zueinander zog. Sie kannten einander nun etwa ein halbes Jahr, und sie waren so viel wie möglich beisammen. „Zu wenig", sagte Lorenz, „ich will mehr von dir." – „Ich auch von dir", antwortete lächelnd Daria. Sie waren sich, wie immer, einig.

Lorenz beschloss Daria zu fragen, ob sie seine Frau werden wolle. Für ihr nächstes Kommen traf er Vorbereitungen. Es sollte feierlich sein. Das Zimmer war ein Meer aus roten Rosen, im ganzen Raum in Vasen verteilt. Am Tisch standen besonders langstielige in einer hohen Vase, Blütenköpfe in einer großen, flachen Schale mit Wasser und über das festliche Tischtuch verstreut, Kerzen in silbernen Kerzenständern, dazwischen Efeuranken und funkelnde Gläser im Kerzenschein, die darauf warteten, dass Champagner in sie geschenkt werde. Ein kleiner, aber festlicher Imbiss wartete im Kühlschrank.

Als Daria kam, machte sie erstaunte Augen. Lorenz, in einem hübschen Anzug und etwas nervös, empfing sie und führte sie in das festlich geschmückte Zimmer zu ihrem Platz am Tisch. Dort lag zwischen duftenden Rosenblüten ein Kuvert und als sie es öffnete, las sie:

Du und ich –
das ist ein Gefühl wie die ganze Welt umarmen,
wie Schwimmen in kühlem Wasser an einem heißen
Sommertag,
der Duft von frisch gemähtem Gras.
Das ist ein blühender Kirschbaum gegen das Blau
des Himmels,
das erste zarte Grün im Frühling
und auch die flammenden Farben im Herbst,
das ist Schneegeriesel in die Stille der
Abenddämmerung.
Das ist der Flug des Vogels über das weite Tal
und das Jubilieren der Lerche am Himmelsgewölbe,

aber auch der Wind, der eisig aus dem Norden bläst,
der aber dennoch die Hoffnung nicht zerstören kann
auf wärmere Tage und das Wissen um die
Wiederkehr der Sonne.
Du und ich,
das ist eine Schulter, an die man sich lehnen kann,
eine Hand, die zärtlich ist und tröstet und dann
wieder Leidenschaft entfacht,
das ist angenommen werden, so wie man ist.
Das ist eine Freude, die hundert Sorgen vertreibt,
Glück, das den ganzen Körper erwärmt.
Du und ich,
das ist das Wunder,
das ist alle Herrlichkeit auf Erden,
ein Lobgesang auf die Freuden der Sinne.
Du und ich,
das ist ganz einfach Liebe.

Im Kerzenschein war ihr Gesicht ganz weich und
noch hübscher als sonst, und man sah deutlich die
Freude und das Glück über ihre Wangen laufen.
Als sie zu Lorenz hochblickte, hatte sie ganz große,
glänzende Augen, und mitten in diese Augen hinein
fragte Lorenz: „Willst du meine Frau werden?" Das
„Ja" wurde in Küssen erstickt.

Sie hatten es eilig. Irgendwie spürten sie die
Vergänglichkeit des Glückes. Das Leben ist kurz,
wir schöpfen es nur aus, indem wir den Augenblick
zur Ewigkeit machen.

Drei Monate später fand die Hochzeit statt.

Von nun an war ihr Leben ein gemeinsames,
und dieses Leben war unendlich schön. Auch der

Alltag konnte ihrer Liebe nichts anhaben. Jeder Tag war schön, auch die Nebensächlichkeiten, auch unausgeschlafene Montage, auch Hemden, die gebügelt werden mussten und schmutziges Geschirr, das gewaschen werden musste, es machte die Tage nie grau, sie waren immer voll Freude, denn es waren gemeinsame Tage. Das Glück nützte sich nicht ab, die Nähe brachte mehr Vertrautheit, mehr Zärtlichkeit, mehr Hingabe. Sie konnten sich dem anderen preisgeben, denn im Gegenüber war man verstanden und geborgen. Sie erlebten noch nie gekannte Seligkeiten. Ein Hauch von Liebestorheit lag über ihren Körpern, von Sinnesfreude und romantischen Gefühlen, wie ein Zaubermantel verhüllte er ihr Leben und schien sie vor allem zu beschützen, was nicht in ihre Welt passte. Ihre Freude hing an ihnen wie eine Wolke von Wohlgeruch, nach duftendem Heu oder Lavendelblüten. Ihre Wirklichkeit war eine andere geworden als sie es vorher gewesen war. Die gemeinsam verbrachte Zeit wurde eine eigene Maßeinheit, denn die STUNDEN DES GLÜCKES HABEN MEHR MINUTEN ALS DIE DER ALLTÄGLICHKEIT.

Oft spielten sie das von ihnen erfundene Spiel mit der Frage „Warum liebst du mich?" und die Antworten darauf gingen ihnen nie aus. „Weil du du bist" oder „Weil das Kind, das du einmal warst, noch in dir anzutreffen ist", sagte Daria. „Weil etwas zwischen uns schwingt, das nur zwischen dir und mir ist und das uns zueinander zieht", antwortete Lorenz. „Weil ich in dir zu Hause bin."

Ein andermal wieder war Daria etwas ausführlicher: „Weil du den einfachen Dingen nahe bist und das Leben mit dir so beglückend ist. Du weißt um das Wesentliche des Lebens. Dein unkompliziertes Denken ist die Essenz allen Wissens eines Philosophen. Du brauchst keine Umwege, dein Instinkt führt dich direkt in die Mitte der Erkenntnis. Mit dir ist das Leben täglich neu."

Und dann sagte Daria eines Tages auf die Frage „Warum liebst du mich?" – „Weil du der Vater meines Kindes bist".

Im dritten Jahr ihrer Ehe kam Hanna zur Welt. Sie waren die glücklichsten Eltern, und sie hatten das schönste Baby. Die Lebensfreude steigerte sich, das Glück war grenzenlos geworden, das Leben war nun vollkommen. Lorenz beschäftigte sich gerne und liebevoll mit seinem Kind, vom ersten Tag an umhegte er das kleine Wesen und vergötterte seine Frau noch mehr. Sie waren nun eine richtige kleine Familie. Wie glücklich sie waren!

Und wie zerbrechlich das Glück ist. Wie ein Menschenleben.

Dann kam der Tag.

Lorenz hatte auf das Kind aufgepasst, weil Daria eine Besorgung in der Stadt zu machen hatte. Hanna hatte gerade ihr erstes halbes Lebensjahr vollendet, und Lorenz war ganz vernarrt in seine kleine Tochter. Auch Hanna liebte ihren Vater, schmiegte sich vertrauensvoll in seine Arme, wenn er sie an sich drückte und gluckste vor Freude, wenn er mit ihr spielte. Als Daria lange ausblieb, machte Lorenz ein Fläschchen für Hanna und fütterte sie. Es wurde spät, Daria kam nicht.

Daria kam nie wieder heim.

Stattdessen kam ein Anruf von der Polizei. Seine Frau hatte einen Unfall gehabt. Ein Betrunkener war bei einem Überholmanöver frontal in ihr Auto gefahren, sie hatte keine Überlebenschance gehabt.

Daria war fort, für immer.

Daria war tot.

*

Wochen hatte er verbracht in Versteinerung und innerer Flucht. Das Leben fand nicht statt, er war aus der Wirklichkeit hinaus gestoßen worden, aus der Wirklichkeit eines Traumes. Lorenz konnte seine Gedanken nicht zulassen, er überdeckte sie mit den täglichen Anforderungen, die an ihn gestellt wurden. Es war nur sein Körper da, seine Seele war erschlagen, verschüttet, sie stellte sich tot.

Seine Eltern hatten das Kind in ihre Obhut genommen. Er konnte es nicht ertragen, Hanna in die Augen zu schauen und sich bewusst zu werden, dass sie keine Mutter mehr hatte. Er hielt es fast nicht aus. Nur sein Pflichtbewusstsein und das Wissen, dass sein Kind ihn brauchte, brachten ihn in die Nähe seiner Tochter. Aber der Schmerz, den er dabei empfand, versteinerte ihn.

So vergingen Wochen. Er hatte sich in seine Arbeit vergraben, aber nun war ein Sonntagnachmittag zu bewältigen. Im Haus hielt er es nicht aus, er musste hinaus in die freie Natur, über Wiesen und Felder lief er, das Firmament stürzte sich über ihn und drückte ihn nieder, er fühlte sich im Staube begraben und konnte kaum atmen vor unendlichem Schmerz, aber er ging weiter. Er wollte keine Menschen sehen, er wollte nicht getröstet werden, er wollte nicht darüber reden und er wollte nicht so tun, als ob nichts wäre, er mied alle. Da gab es nur einen, der ihn verstehen konnte, das war sein alter Freund, der Wald. Es wehte ein kräftiger Wind. Wie verzauberte Seelen standen die grauen Stämme, Heere aus verwunschenen rauen Menschenleibern, von denen verwitterte Flechten hingen, Fäden des Schicksals, die gewoben worden waren um Ketten anzulegen, um zu verstricken, zu binden und zu leiden. Die Äste ächzten und stöhnten, wie sein Inneres. Da machte seine Seele einen kleinen Spalt auf und er fühlte sich verstanden, verstanden in seinem Schmerz und seiner Verzweiflung, aber er verstand nicht, nicht, wozu uns solches Leid auferlegt wird. Er fühlte sich nur angenommen, eingeschlossen in dieses Raunen und Ächzen rund um ihn und er hörte den Wald voll Anteilnahme zu ihm sprechen.

„Wir alle wissen nichts, wir verstehen nichts, und doch müssen wir unser Leben bewältigen, müssen die Schmerzen aushalten, die uns bereitet werden. Wozu? Das Leben geht weiter und beantwortet keine Fragen. Wir müssen die Antwort selbst finden. Vielleicht ist das die Aufgabe, die uns aufgetragen ist. Vielleicht müssen wir aber auch nur warten. Warten. Warten. Geduldig werden und in Demut hinhorchen, was mit uns passiert".

Als er durch die Dämmerung nach Hause ging, spürte er, dass etwas in ihm aufgebrochen und durchlässig geworden war. Er wusste, dass er sich seinem Schmerz nähern musste, um ihn überwinden zu können. Die Stille im Haus war nicht mehr so dicht, es ging keine Bedrohung von ihr aus. Vorsichtig, als müsse er austesten, ob er es aushalten könne, betrat er das Schlafzimmer. Es war das erst Mal, seit er alleine war. Lange stand er da und er spürte, wie eine Woge von Schmerz über ihn rollte. Aber er hielt ihr stand. ‚Ich muss da durch‘, sagte er sich, ‚ich muss mitten hinein, man kann nicht immer davonlaufen. Ich will das alles in mein Leben aufnehmen, ich will Daria wieder in meinen Gedanken haben, ich kann sie nicht immer aussperren, nur weil ich es nicht aushalte. Besser ich bin unglücklich als ohne Gefühle.‘ Er schaltete die Stehlampe ein, setzte sich auf das Bett und atmete tief. Da lag noch, sorglos über die Decke geworfen, ihr Nachthemd, und er tastete vorsichtig danach. Ihr Geruch kam wieder und mit ihm die Erinnerung an das Glück, das er einmal empfunden hatte. Da brach der Damm in ihm, und alle Tränen, alle, die er in den vergangenen Wochen nicht weinen hatte können und die ihn innerlich fast erdrückt hatten, kamen hervor. Lange saß er von Schluchzen geschüttelt da, legte sich dann auch in das Bett, zu dem zarten Hauch von einem Nachthemd und weinte alles Aufgestaute aus sich heraus.

Es war die erste Nacht, in der er wieder im Schlafzimmer schlief.

Am nächsten Abend fing er an, sich in das Leben zurückzutasten, sich dem vergangenen Glück zu nähern und auch den Schmerz in sich einzulassen. Er stellte sich der Gegenwart. Ein Kleid, das über einem Sessel lag, hob er vorsichtig hoch und hängte es in den Kasten, den er sorgfältig abschloss, Unterwäsche legte er in die Kommode, ein Buch, das noch aufgeschlagen dalag, klappte er zu und legte es auf ihr Nachtkästchen. Da war dann noch der kleine Sekretär, an dem sie oft gesessen, ihm ein Lächeln zwischendurch geschenkt und dann wieder gedankenversunken weiter geschrieben hatte. Sie brauche das, ihre Gedanken aufzuschreiben, hatte sie gesagt, sie habe das schon immer gemacht, schon seit vielen Jahren, es sei so etwas wie Ordnung in das Seelenleben bringen, wie seine Brille putzen, damit man klarer sieht, Selbstgespräche führen, sich selbst näher kommen und sich erkennen, die Scheinwerfer nach innen einschalten. „Ich denke mich in meine Nähe", hatte sie gesagt, „damit ich mir nie verloren gehe. In sehr jungen Jahren habe ich mich ständig selbst suchen müssen, so wenig habe ich von mir gewusst, da hat mir das Schreiben geholfen. Und nun kommen die Momente immer häufiger, wo ich mich finde, ohne mich zu suchen, und diese Erkenntnisse muss ich auch aufschreiben, das ist wichtig für mich. Ich muss alles in meine Seelenbücher schreiben, oder Lebensbücher, wenn dir das besser gefällt. Ich finde mich ganz einfach wieder in der Welt. Ich erkenne mich in der Maserung eines Steines, in einem Tautropfen auf einem Grashalm, in einem Stirnrunzeln eines anderen Menschen, in einer ziehenden Wolke. Ich tauche ein in die Schönheit dieser Welt. Ich bin die Schönheit dieser Welt und die Freude. Ich bin aber auch der Hunger und das Leid und die Verzweiflung. Ich bin die Welt."

Manchmal hatte sie ihm auch das soeben Geschriebene vorgelesen, und oft war dies der Anlass für ein langes Gespräch. Es waren wunderschöne und manchmal für Lorenz ganz neue Gedanken, die sie da vor ihm ausbreitete und wissen wollte, wie er darüber dachte.

Nun nahm er mit scheuen Händen eines dieser Bücher aus einem Fach. Er wusste, dass er nichts Verbotenes tat, sie hatte nie Geheimnisse vor ihm gehabt, es war etwas, das ihm Daria hinterlassen hatte, ein Stück von ihr, von ihren Gedanken, von ihrer Seele. Irgendwo schlug er auf und fing an zu lesen.

„Sicher hat auch schon der Steinzeitmensch unsere Sehnsucht nach Erkenntnis in sich getragen. Wir sind nicht viel weitergekommen. Denn all unser Wissen von Fortschritt und Technik hilft uns nicht bei den wesentlichen Dingen. Etwas weniger Angst haben wir vielleicht, denn wir wissen bereits, dass nicht eine zu besänftigende Gottheit da oben sitzt und die Blitze schleudert, und wir können uns vor vielem schützen, das dem Urmenschen Angst gemacht hat. Ein kleines bisschen Erkenntnis haben wir vielleicht schon dazu gewonnen. Trotzdem glaube ich, dass der Mensch der Dinosaurier unserer

Zeitrechnung ist. Ich glaube ganz fest daran, dass wir mitten in der Entwicklungsgeschichte der Welt sind. Die Schöpfung ist gerade im Gange, und wir sind ein bisschen höher entwickelte Säugetiere. Das hehre Menschwesen, das wir uns einbilden zu sein, wird es vielleicht irgendwann geben in fernen Zeiten, wenn sich der jetzige Mensch weiterentwickelt hat, wenn die grob angelegten Strukturen der Triebe und Gefühle wie Fortpflanzung, Nestbautrieb, Brutpflege, Herdentrieb, Kampf um Vorherrschaft und Rudelführung sich gewandelt haben in ein umfassendes Verständnis für alle Geschöpfe, wenn Liebe Geben bedeutet und nicht nur Nehmen, wenn Toleranz und Hinwendung zum Mitgeschöpf auf dieser Erde ein wesentlicher Bestandteil des Lebens geworden sind, dann sind wir ein Stück in unserer Entwicklung als Menschwesen weitergekommen. Es ist nicht nur der Verstand, der sich entwickeln muss, es sind die Gefühle, die Achtsamkeit sich selbst und den anderen Geschöpfen gegenüber, die sich verändern und wachsen müssen.

Wir sind die Regenwürmer der Entwicklungsgeschichte der Seele, des menschlichen Werdeganges zu einer höheren Daseinsstufe. Wie diese Würmer graben wir in Dunkelheit durch die Unwissenheit des Geistes, und wenn uns ein gleißender Strahl der Erkenntnis trifft, gehen wir daran zugrunde. Wir halten das nicht aus, wir leiden am hellen Licht und sterben ohne diese feuchtdumpfe Hülle des Nichtverstehens. Denn vielleicht ist Dummheit barmherziger als Einsicht, aber Nichtwissen ist kein Weg, es ist ein Im-Kreis-Laufen.

Wirkliches Erkennen kann nur durch die Liebe geschehen. Irgendwann wird Liebe herrschen zwischen den höher entwickelten Geschöpfen, dann werden sie weniger leiden müssen an diesem Nichtverstehen wofür wir leben, dann haben sie gelernt anzunehmen und zuzulassen.

Wir leiden, weil wir nicht verstehen. Aber wir müssen leiden, denn wir müssen wachsen und unsere Seele muss reifen. Die Schmerzen werden uns geschickt, damit wir uns weiterentwickeln, damit wir innerlich wachsen, weitergehen auf dem Weg, der zu uns selbst führt und zu unserer Bestimmung. Je weiter wir fortgeschritten sind in unserer geistigen Entwicklung, desto weniger müssen wir leiden. Denn Erkennen macht frei und führt uns hinaus aus der Dunkelheit unserer Unwissenheit.

Es ist das Leid, das Nahrung für das Wachstum unserer Seele ist. Das Leid und der Schmerz sind die Instrumente der Weiterentwicklung unserer Seele. Das ist die seelische Evolution.

Für die Geschöpfe, die es später geben wird, wird ein Glück in der Welt sein, das wir jetzt nur kennen wenn wir lieben. Dieses Glück, diese tiefe innere, helle Freude, sie ist uns auch jetzt schon durch die Liebe gegeben, damit sich unsere Seele ausweitet in uns, damit sie uns bewusst wird und zu uns spricht, damit wir uns selbst leben können.“

Er schlug eine andere Seite auf und tauchte noch einmal ein in ihre Gedanken:

„Ich komme heim von einem sehr intensiven Spaziergang. Es war wunderschön. Nach dem Regen, mit Gummistiefeln gerüstet, ging ich über Wiesen, durch den laut tropfenden Wald, hinaus auf eine Lichtung, und die Nebel kräuselten am Boden, zogen über die Bäume hinaus und hinauf in den wiedererblauten Himmel. Und das Wasser wurde Dunst und Nebel und Wolke und zog weiter, und ich sah dieser Veränderung zu.

Es geht nichts verloren, sagt man. Materie geht nicht verloren, sie verwandelt sich nur, das ist ein chemischer Prozess, das ist Veränderung. Alles bleibt immer da.

Was ist mit unseren Gedanken? Wo kommen die hin? Jemand, der geistig intensiv arbeitet, verbraucht viele Kalorien, das wissen wir, er verbraucht Energie und erzeugt andere Energie – aber wo kommt diese Energie hin? Sie kann nicht nur verwehen und vergehen. Sie ist da, wir lassen sie nur los.

Was ist mit unseren Gefühlen? Wo kommen die hin – unsere Zärtlichkeit und Zuneigung, unsere Angst und Sorge, und auch die Liebe – diese Gefühle werden in uns erzeugt, wir erleben sie, und dann sollen sie vergehen? Das ist gegen jegliches Naturgesetz. Sie sind für immer in dieser Welt. Als geistige Energie, denn Energie ist unvergänglich. Vielleicht ist es Aufgabe des Menschen, geistige Energie zu erzeugen. Vielleicht sind wir Menschenkinder so etwas wie rote Blutkörperchen im Kreislauf des geistigen Kraftfeldes und unsere Gefühle sind der göttliche Sauerstoff. Vielleicht *braucht uns irgendeine Göttlichkeit zum Atmen. Wer kann das widerlegen? Wer weiß etwas von der Jenseitigkeit? Jede Religion ist Ausdruck der Sehnsucht der Menschheit nach der Ewigkeit, nach einer uns behütenden Obrigkeit, nach einer schützenden Vaterhand. Kluge und gläubige Menschen haben sich etwas ausgedacht. Ich habe mich mit den meisten Religion intensiv beschäftigt, und ich finde sie alle wunderschön. Denkanstöße für mich. Ich kann nicht anders, ich muss weiterdenken, an all die Möglichkeiten, die es noch geben könnte.*

Vielleicht sind dort drüben – oder vielleicht ist dieses Drüben sogar hier und wir sind mitten drinnen – all unsere Gedanken, all unsere Gefühle, alle Liebe, die jegliches Geschöpf jemals empfunden hat. Vielleicht treffe ich dort auf all meine Empfindungen, die ich jemals verspürt habe und auch auf die Gefühle aller Wesen, die ich geliebt habe und die mich geliebt haben, finde diesen Strom von Gefühlen vor, der geflossen ist zwischen allen Menschen und auch Tieren. Vielleicht lebt nicht nur die Liebe zu meiner gestorbenen Großmutter als Realität – und nicht nur als Erinnerung – weiter, sondern auch die Liebe zu meiner kleinen gestorben Katze und ihre Zärtlichkeit für mich. Wer weiß das? Mich aber macht es glücklich zu denken, dass es möglich wäre.

Vielleicht besteht die reinste Energie aus Liebe. Diese empfinden zu können, ist vielleicht die höchste Errungenschaft, die den Menschen, auszeichnet. Und vielleicht ist der Himmel etwas ganz anderes als das, was wir uns vorstellen.“

Lorenz machte das „Seelenbuch" zu. Er war so erfüllt von Darias Gedanken, er hatte das Gefühl, Daria ganz nahe zu sein, und es war eine Nähe, die ihn ruhig machte und ihn tröstete.

Vielleicht war Darias Seele so weit entwickelt gewesen, dass ihr Daseinszweck auf dieser Welt schon erfüllt war. Ihre Seele war vielleicht so von Erkenntnis durchdrungen, so sehr reine Liebe, dass sie schon vollendet war, reif um dorthin zu gehen, was wir Ewigkeit nennen oder Jenseits oder auch Himmel. ,Geistiges Kraftfeld würde sie sagen', ergänzte Lorenz seine Gedanken. Und er spürte ein Lächeln auf seinem Gesicht.

Diese Nacht schlief er tief und fest. Am nächsten Morgen ging er früher als sonst zum Haus seiner Eltern. Er nahm sein Kind in die Arme und wiegte es voll Zärtlichkeit, und sein Lächeln, das er dem kleinen Mädchen schenkte, war endlich ohne Bitterkeit.

*

Lange lebte er noch in der Seelennacht seiner Schmerzen, in diesen dunklen Stunden der Fragen und Verzweiflung. Aber auch der Schmerz hat seine Schönheit und vor allem seine Lebendigkeit, die uns weiterbringt, und dem Tod der Träume und Hoffnungen folgt ein neuer Tag.

Die Zeit verging.

Er fand wieder zurück in diese Welt, aus der er für eine Weile total herausgefallen gewesen war. Oft las er in Darias Büchern, sog ihre Gedanken in sich ein und antwortete ihr im Geiste. Es wurden lange

Zwiegespräche, die er mit ihr führte. Daria war wieder da, sie lebte in ihm. Und vor allem lebte sie in ihrer kleinen Tochter. Er wollte Hanna nun Vater und Mutter sein, mit all seiner Liebe und all seinen Fähigkeiten und aller Zeit, die er aufbringen konnte. Er badete die Kleine, wickelte sie, fütterte sie, spielte mit ihr, herzte sie und lachte mit ihr. Er verbrachte jede Minute seiner freien Zeit mit seinem Kind. Hanna war alles für ihn. Das Kind war nun seine Aufgabe. Es brauchte schützende Hände, die ihm halfen seinen Weg im Leben zu finden, und diese Hände sollten glückliche sein.

Aus all dem erwuchs eine neue Kraft, ein Weg lag wieder vor ihm.

*

Nach einem halben Jahr kam ein neuer Schicksalsschlag. Seine Mutter, die Hanna liebevoll betreut hatte, erlitt einen Schlaganfall, war halbseitig gelähmt und bedurfte selbst der Betreuung.

Eines Abends läutete es an seiner Tür. Er saß gerade mit Hanna in der Küche und gab ihr zu essen. Regina trat ein. Sie sagte, dass sie gehört hätte, welch schlimme Dinge sich für ihn ereignet hätten und fragte ihn, wie er mit dem Kind zurechtkäme. Er merkte, dass sie etwas auf dem Herzen hatte und bat sie Platz zu nehmen.

„Was ich dir zu sagen habe, ist vielleicht etwas ungewöhnlich, aber seit Tagen denke ich darüber nach und nun muss ich ganz einfach kommen und dich fragen, vielleicht ist es auch für dich eine gute

Idee." Regina machte eine Pause, man spürte, dass es ihr schwer fiel weiterzusprechen. „Du bist wahrscheinlich nicht über mein Leben unterrichtet. Wir haben uns in all den Jahren eher selten gesehen und nicht wirklich ausführlich miteinander gesprochen. Aber hör mich an. Du weißt, ich habe damals Wilhelm geheiratet und wir haben eine siebenjährige Tochter. Nun muss ich leider eingestehen, dass auch diese Ehe gescheitert ist und dass ich bereits in Scheidung lebe. Wilhelm trinkt, trinkt sehr oft und sehr viel, und wenn er dann betrunken ist, verliert er die Kontrolle. Ich würde das noch aushalten, aber er misshandelt auch das Kind, und das kann ich nicht hinnehmen. Nun hat er auch noch seine Arbeit verloren, und ich kann mir keine finanzielle Hilfe von ihm erwarten. Ich brauche dringend Arbeit und Geld, um mich und das Kind zu ernähren und ich brauche einen Platz zum Wohnen, denn in der kleinen Wohnung bei meinen Eltern ist auf Dauer kein Platz für uns."

Lorenz merkte, wie Regina mit den Tränen kämpfte. Sie sah blass und verhärmt aus und sprach mit leiser, gedrückter Stimme. Er spürte die Verzweiflung in ihr, und eine Welle von Mitgefühl für diese Frau, die ihm einmal nahe gewesen und die dann ganz aus seinem Leben verschwunden war, stieg in ihm hoch. Da war keine Genugtuung in ihm, er hatte eher das Gefühl, ihr in ihrer Ehe etwas schuldig geblieben zu sein und auch für ihr Unglück mit verantwortlich zu sein. Sie gab sich einen Ruck. „Ich komme nicht um Geld zu erbetteln, ich möchte dir einen Vorschlag machen, auch wenn er ungewöhnlich ist." Wieder zögerte sie, sprach dann aber zaghaft weiter. „Ich habe mir gedacht, dass du vielleicht Betreuung für deine kleine Tochter brauchen könntest, du bist doch auch irgendwie in einer Notlage, und ich würde mich mit aller Sorgfalt um das Kind kümmern. Vielleicht wäre uns beiden geholfen." Erwartungsvoll sah sie ihn an und begegnete dem erstaunten Blick von Lorenz.

„Missverstehe mich bitte nicht, ich will nicht als deine Frau zurückkommen, ich will nur für dich arbeiten und meinen Lebensunterhalt für mein Kind und mich verdienen. Mir ist bewusst, dass alles andere lange vorüber ist."

Als sich Lorenz von seiner Verblüffung erholt und kurz darüber nachgedacht hatte, fand er, dass das gar keine so schlechte Idee sei und dass sie es auf alle Fälle versuchen sollten. Bei Regina war Hanna sicher gut aufgehoben, wenn er nicht da war.

So kam Regina wieder in sein Leben zurück.

*

Das Haus, in dem er wohnte, war so groß und so leer seit Daria nicht mehr da war, er war froh, dass wieder Leben einkehrte. Regina und Theresa, ihre Tochter, bezogen einen Teil des Untergeschoßes, in dem er noch kleine Umbauten vornahm, damit sie ihr eigenes Reich hatten. Er selbst hatte im Obergeschoß eine abgeschlossene Wohnung. Und Hanna war im ganzen Haus daheim und hatte auf einmal wieder eine Familie, sogar mit einer Schwester.

Sehr bald schon hatte er auch Theresa in sein Herz geschlossen. Sie war ein kleines, schüchternes Mädchen, dem man anmerkte, dass es schon viel Schlimmes erlebt hatte. Langsam fasste sie Zutrauen zu Lorenz, von dem sie nie ein böses Wort hörte. Er verbrachte mit ihr und Hanna viel Zeit, erzählte oft lustige Geschichten und spielte übermütig mit ihnen. Das Leben lief wieder in geordneten Bahnen. Regina kümmerte sich mit ihrer altbewährten Sorgfalt um die Kinder und den Haushalt und hatte sogar noch Zeit für seine Eltern. ‚Da war doch vor langer Zeit schon einmal das Gefühl, dass ich sie mag wie eine Schwester, nun ist es doch noch zu so einem Verhältnis gekommen‘, dachte Lorenz lächelnd.

Sie lebten wie altvertraute Freunde oder wie Geschwister in einem Haus, ohne dass jemals der Gedanke an mehr Nähe gekommen wäre, das war wirklich ferne Vergangenheit. Und dabei blieb es.

*

Die Farben des Herbstes waren besonders intensiv gewesen, das lodernde Rot und das leuchtende Gold hatten sich prangend in die bunte Palette der Herbstfarben gemischt, dass es fast schmerzlich schön war, dieses Schauspiel des Vergehens anzusehen. Dann waren die Herbstnebel gekommen, hatten verhüllt, zugedeckt, besänftigt, Stille eingefordert, das Eingeschlossensein in die Einsamkeit vermehrt spürbar gemacht, bis dann die Novemberstürme über das Land gefegt waren und die letzten Blätter von den Bäumen gerissen hatten und so manchen Traum aus Lorenz' trauernder Seele.

Die Schneetücher, die der Winter über das Land gebreitete hatte, waren besonders weich, zärtlich verhüllten sie alles, was in der Erde lag, und so manches Abendrot leuchtete fast überirdisch am glühenden Himmel und glitt dann verblassend in die Dunkelheit hinab. Als dann ein langer, schneereicher Winter vorüber war und der helle Flaum des ersten Grüns sich über die Landschaft zog, war Lorenz' Herz ruhig geworden. Er lebte wieder in der Gegenwart.

Auch spürte er das Verlangen, unter Leute zu gehen, mit einem alten Freund in einem Lokal ein Glas Wein zu trinken, zu sprechen, zu lachen, unter Menschen zu sein. Die Zeit brachte Distanz, entfernte ihn von seiner intensiven Vergangenheit, der Zeit des großen Glückes und des unfassbaren Schmerzes.

Der unentrinnbare Flügelschlag der großen Heilerin Zeit holt uns aus dem tiefsten dunklen Loch, führt uns in die Zukunft, richtet unseren Blick nach vorne und lässt wieder die Sonne für uns scheinen. Das Leben ist nie nur ernst oder lustig, nie nur Tragödie oder eitel Wonne, das sind alles nur Momentaufnahmen. Das Leben ist nicht nur das, was uns widerfährt, es ist das, was wir daraus machen, was wir in uns hineinlassen, und was wir in uns bewahren. Irgendwo, bei aller möglichen Dramatik, kommt dann wieder ein

Lächeln daher oder auch ein helles Lachen. Denn das Leben ist stark und kraftvoll und überrascht uns mit neuen Möglichkeiten.

Als die Zeit der ärgsten Trauer vorüber war, merkte Lorenz mit Erstaunen, dass er sich nicht bestohlen vorkam, sondern unendlich reich. Ihm war, als hätte er einen riesigen Reichtum in sich, einen goldenen Schatz, ein Geheimnis, das ihn vor allen anderen Menschen auszeichnete. Daria würde für immer ein Teil seines Lebens bleiben, und diesen inneren Reichtum konnte ihm niemand nehmen.

10. INGRID

NICHTS BEREUT MAN MEHR ALS UNGENÜTZTE
MÖGLICHKEITEN.

In all dieser Zeit hatte Lorenz gar nicht bemerkt, dass es noch andere Frauen gab außer der einen, um die er trauerte. Frauen, die er sah, das waren Mütter, Schwestern, Töchter oder Kumpel. Frauen als weiblich anziehende Geschöpfe hatten nicht existiert. Aber irgendwie musste der Frühling besonders lockend gewesen sein, die Blütenpracht betörend und die Luft mild und wohlriechend, so dass sich etwas in Lorenz' Gemüt veränderte und seine Augen wieder das Leben um ihn herum wahrnehmen ließen.

In der Freundesrunde von früher, die er nun öfters traf, war auch Ingrid. Sie kannten sich schon aus frühester Jugend, sie hatte Lorenz damals recht gut gefallen, und er hatte zu spüren geglaubt, dass auch sie ihm durchaus gewogen gewesen war. Aber Lorenz hatte dann Ditta kennen gelernt und bald darauf hatte Ingrid einen festen Freund, den sie später auch heiratete. Nun war sie frisch geschieden und Lorenz hatte das Gefühl, dass sie seine Nähe suchte und dass sie fast immer für ihn Zeit hatte. In ihren Augen sah er eine Lebensfreude leuchten, die ihm gut tat, und er empfand ihre Gegenwart als angenehm. Es war ein besonderes Lächeln, das sie einander schenkten, wenn sie sich trafen.

Dann bat ihn Ingrid eines Tages ihr Gartentor zu reparieren, das nicht richtig funktionierte, und nachdem er das erledigt hatte, lud ihn Ingrid zu einem kühlen Getränk auf ihrer Terrasse ein. Ein Sommergewitter war am Himmel aufgezogen, die Luft war heiß und schwül. Schwalben flogen mit lautem Gezwitscher knapp über dem Boden auf der Jagd nach Insekten. Blitze leuchteten in dem dunklen Wolkenmassiv und das Donnergrollen wurde lauter. Das nahende Gewitter erzeugte eine ungeheure elektrische Aufladung und alles wirkte gedrückt und ängstlich wartend auf den Ausbruch der Naturgewalten.

„Wie schnell alles vergeht", sagte Ingrid, „plötzlich ist der Sommer da, und man weiß nicht, wo die Zeit hingekommen ist. Überhaupt vergeht das Leben viel zu schnell. Man muss es besser nützen und es nicht spurlos vorübergehen lassen." Dabei schickte sie einen bedeutungsvollen Blick zu Lorenz. „Du hast ja Recht, aber so lange man sich nicht von der Vergangenheit befreit hat, hat Neues kaum Platz, alles braucht seine Zeit", antwortete Lorenz. „Man muss das Vergangene hinter sich lassen und vorwärts blicken, ich habe das schon gelernt. Du brauchst vielleicht Hilfe dabei. Du brauchst eine, die dir zeigt, wie schön das Leben wieder sein kann." Dabei strahlte sie ihn so unmissverständlich an, dass Lorenz nicht übersehen konnte, wen sie als Helferin meinte, und mit einem wohlwollenden Lachen richtete er seinen Blick auf sie. Es war, als ob er sie zum ersten Mal sähe, er bemerkte auf einmal, welch begehrenswerte Frau Ingrid war, in ihrem schön geschnittenen Gesicht lachten große blaue Augen, ein voller Mund ließ Sinnlichkeit erahnen, ihre Mimik und die unterstreichenden Gesten beim Sprechen drückten Selbstsicherheit aus. Es war zu sehen, dass sie sich ihres Wertes bewusst war.

Ein greller Blitz zuckte über den Himmel und kurz darauf folgte ein lauter Donnerschlag. Die Natur wartete auf das Losbrechen des Gewitters, eine ängstliche Stille legte sich über die Landschaft, sogar die Vögel hatten zu singen aufgehört und Unterschlupf im Geäst gesucht. Auch das Schweigen zwischen den beiden dauerte schon eine Weile, und die Spannung nahm zu. Ohne Worte sahen sie sich lange an. Plötzlich waren sie nicht mehr Bekannte aus dem Freundeskreis, da saßen ein Mann und eine Frau, die sehr genau spürten, wie reizvoll sie einander fanden. Mit abtastenden Blicken und mit vorsichtigen Worten maßen sie die Distanz zwischen ihnen und es begann ein kokettes Spiel, in dem sie sich gegenseitig verbale Bälle zuwarfen und einander näher kamen.

Dann brach der Sturm los. Bäume und Sträucher bogen sich weit zur Seite, das Gras lag flach am Boden, Blüten und Blätter flogen durch die Luft und alles, was nicht festgemacht war, wurde weggeweht. Die Blitze wurden intensiver und der Donner lauter. Ingrid und Lorenz nahmen ihre Gläser und gingen in das Haus. „Ach ja“, sagte Ingrid, „da ist noch etwas, das ich dir zeigen möchte. Ich habe beim Antiquitätenhändler einen Sessel gekauft, der sehr hübsch ist, aber jetzt habe ich feststellen müssen, dass ein Stuhlbein locker ist. Kannst du das vielleicht richten?" Als Lorenz antwortete, dass er es versuchen wolle und sie ihm das Sorgenkind zeigen solle, führte ihn Ingrid ins Schlafzimmer. Sie deutete auf den Sessel in einer Ecke des Zimmers, blieb aber mitten im Raum knapp vor Lorenz stehen und sagte: „Es ist gut, dass du hier bist an so einem Gewittertag, ich habe immer ein wenig Angst, wenn es blitzt und donnert." Dabei kam sie ganz nahe zu Lorenz und legte ihren Kopf an seine Schulter. „Bei dir fühlt man sich so gut beschützt." Wie selbstverständlich legte er seinen Arm um sie, machte aber keine Anstalten, mehr Nähe zwischen ihnen herzustellen und so fuhr Ingrid fort: „Wir sind im Leben schon einmal aneinander vorbeigegangen, aber ich habe immer gespürt, dass wir etwas versäumt haben. NICHTS BEREUT MAN MEHR ALS UNGENÜTZTE MÖGLICHKEITEN, man sollte versuchen, die Stunden des Glücks zu erkennen und den Augenblick zu genießen." Nachdem Lorenz noch immer nichts sagte und unbeweglich stehen blieb, entzog sich Ingrid wieder seinem Arm und versuchte, das kokette Spiel von vorhin weiterzuspielen. „Vielleicht zuerst die Arbeit und dann das Vergnügen", sagte sie und ging zu dem erwähnten Antiquitätenstück. „Schau, hier ist der Sessel." Dabei nahm sie ein hauchzartes Kleidungsstück von der Sessellehne und warf es locker auf das Bett. Lorenz stockte der Atem. Es war das gleiche Modell von Nachthemdchen, das Daria zuletzt getragen hatte. Er fühlte sich plötzlich

ganz benommen und musste sich zusammen-
nehmen, dass er nicht taumelte.

„Verzeih, Ingrid, ich sehe mir den Sessel ein andermal an. Mir ist gerade eingefallen, dass ich einen ganz, ganz wichtigen Termin vergessen habe, ich muss auf der Stelle losfahren." Ohne eine Antwort abzuwarten, verließ er fluchtartig das Haus. Er ging durch den gerade mit großer Gewalt losbrechende Regen und spürte nicht einmal, dass er durch und durch nass wurde. Sein Gesicht hielt er den strömenden Wassermassen entgegen und die kühle Sturzflut wusch alle Gedanken, die er vielleicht vor kurzem noch in Ingrids Nähe gehabt hatte, aus seinem Kopf.

Am nächsten Tag schickte er seinen Gesellen bei Ingrid vorbei, den Sessel abzuholen, um ihn dann zu richten und wieder zurückzuschicken. Eine Zeitlang trafen sie sich nicht in der Freundesrunde und als sie es dann eines Tages doch taten, setzte sich Ingrid auf einen Platz weit weg von Lorenz.

11. SIBYLLE

DIESE STUNDEN WAREN WIE DUFTENDE BLÜTEN.

Das Leben floss wieder als ruhiger, breiter Strom. Lorenz hatte gelernt, in der Gegenwart zu leben und die Dinge zu nehmen wie sie waren. Mit dieser Einsicht kehrte auch die Ruhe zu Lorenz zurück, sich seiner neu zusammengestellten Familie zu widmen und Freude an der Arbeit zu empfinden. Gelassenheit fand sich wieder in seiner Seele. Den Großteil seiner freien Zeit verbrachte er mit den beiden Mädchen, erlebte täglich etwas Neues, bestaunte das Wunder des Werdens kleiner Menschen, die ihrer entstehenden Persönlichkeit jeden Tag eine neue Facette hinzufügten. Er lernte sehr viel von den Kindern, sie waren dem Ursprung noch so nahe, so unverbildet, so echt, so ehrlich in ihren Gefühlen. Manchmal nahm er einen Block und zeichnete sie, es drängte ihn, den Augenblick auf Papier festzuhalten. Da saß er dann mit den beiden Mädchen, mit Theresa, die mit voll konzentriertem Gesicht ihren Stift fest in der Hand hielt und ihre Zeichnungen anfertigte, und Hanna, die freudig wirre Linien auf ein Blatt Papier kritzelte. Es machte ihnen allen dreien Spaß.

Auch zum Schnitzen nahm sich Lorenz wieder Zeit. In diese Tätigkeit konnte er sich ganz hineinversenken. Schnitzen brachte ein lustvolles Gefangennehmen all seiner Sinne, es war wie ein Dahinfließen in einem breiten, vorwärts drängenden Strom. In jene Zeit fiel auch sein Erlebnis mit Magdalena, der verhinderten Selbstmörderin, und er verbrachte sehr viel Zeit damit, ihre Gestalt in Holz zu bannen.

Dann hörte er von einem einwöchigen Sommerkurs für Aktzeichnen. Da er noch nie eine künstlerische Ausbildung erhalten hatte, beschloss er, diese Gelegenheit, etwas Neues zu lernen und sein Können zu vervollständigen, zu nützen. Der Kurs fand in einem alten Schloss statt, das man renoviert hatte und in dem nun Tagungen und diverse Kurse abgehalten wurden. Es war eine Gruppe von etwa einem Dutzend Menschen, die sich da einfand, bunt zusammengewürfelt, aus allen Berufsschichten, jeder mit einer gewissen zeichnerischen Vorbildung.

Nach einem kurzen Gespräch, theoretischer Einführung und Anleitung über das zu verwendende Material ging es gleich ans Praktische. Es war schon ein eigenartiges Gefühl für Lorenz, als da eine nackte Frau auf einem Podest stand und er sie auf seinem Blatt wiedergeben sollte. Aber bald waren diese Gedanken verflogen, so sehr nahm ihn die Tätigkeit gefangen, wirklichkeitsgetreue Linien auf das weiße Papier vor ihm zu bringen, und nach kurzer Zeit war die Nacktheit der Frau wie die Nacktheit von vollendet gemeißeltem Marmor. Der Künstler, der sie betreute, gab Anregungen, Ratschläge, erteilte Zuspruch, brachte auch Kritik an und machte Verbesserungsvorschläge. Die anderen Kursteilnehmer waren für Lorenz nur irgendwo am Rande vorhanden, so sehr fesselte ihn diese Tätigkeit. Dann tauchte er doch irgendwann aus seiner vollkommenen Hingabe ans Zeichnen auf und nahm die anderen Menschen im Raum wahr, hörte auch Kommentare, die nicht ihn betrafen, und merkte, dass sich auch die anderen mühen mussten und mit dem Stift kämpften.

Trotz seiner Gefangennahme durch das Zeichnen war da doch eine Frau, auch eine Teilnehmerin des Kurses, die immer wieder die Aufmerksamkeit von Lorenz auf sich lenkte. Sie war als Sibylle Seitner vorgestellt worden, war etwa Mitte dreißig, hatte leuchtend rote Haare, von denen Lorenz nicht sagen konnte, ob sie echt waren oder gefärbt, denn sie hatte nicht die sommersprossige Haut von Rothaarigen, sondern einen klaren, hellen Teint, der fast leuchtete in seiner Makellosigkeit. Das Haar hatte sie im Nacken zusammengebunden, und doch fielen einige Locken, die sich selbständig gemacht hatten, über ihre Ohren. Sie war schlank, wirkte selbstbewusst und ihr knappes, ärmelloses Kleid betonte ihre hübsche Figur. Ohne es bewusst wahrzunehmen, spürte Lorenz ihre Gegenwart, und er bemerkte auch, dass sie ihm so manchen Blick schenkte, ohne Lächeln, ohne Aufforderung, die Blicke waren eher wie ungewollte Botschaften, wie kleine, unabsichtlich abgefeuerte Pfeile. Lorenz drängte sich auch nicht in ihre Nähe, denn er konzentrierte sich ganz auf seine Zeichenblätter.

Der Tag war sehr schnell vergangen und beim Abendessen kam die kleine Gruppe ein wenig ins Gespräch, aber die Sätze wurden immer spärlicher und einer nach dem anderen verließ den Speisesaal. Auch Lorenz wünschte eine gute Nacht und ging. Er trat hinaus in die Arkaden, in deren breiten Gängen Tische und Sessel standen und von wo aus man hinausblicken konnte in den großen Innenhof, in dem man das konstante Fallen von starkem Regen hörte. Nach der Hitze des Tages und der ungewohnten Konzentration auf die neue Beschäftigung tat die frische Regenluft gut. Zwei große Kastanienbäume standen mitten im Hof und es schien, als ob sie sich miteinander unterhielten und sich freuten über die Regenflut, die sich über sie ergoss. Lorenz überlegte gerade, an welchen Platz er sich setzten sollte, damit er den besten Blick in den von Laternenlicht erhellten Hof hatte, als er bemerkte, dass Sibylle in einem der Sessel saß. Ob sie wohl auf ihn gewartet hatte? Ihm fielen ihre Blicke ein, die er im Laufe des Tages aufgefangen hatte, und von denen er nicht wusste, was sie bedeuteten.

Er trat zu ihrem Tisch und fragte, ob es erlaubt sei, sich zu ihr zu setzen. „Bitte", sagte sie so kühl, dass es eher klang wie: „Ich will meine Ruhe haben", blickte ihn nur kurz an und wendete dann ihren Blick hinaus in den regennassen Hof, über dem ein schwarzer Himmel lag. ,Eigenartig', dachte Lorenz, ,da muss ich mich wohl wieder einmal geirrt haben. Vielleicht waren das Pfeile der Abweisung, die ich da aufgefangen habe, vielleicht bin ich ihr die ganze Zeit schon auf die Nerven gegangen mit meinem Interesse, das ich wohl unbewusst signalisiert habe. Na, dann soll sie ihre Ruhe haben vor mir, aufdrängen tue ich mich nicht.' Und so sagte er nur „Danke", setzte sich und schwieg.

Lange saßen sie da, keiner sprach ein Wort, keiner wusste, was der andere dachte, keiner fing ein Gespräch an. Draußen im Hof fiel gleichmäßig der Regen, Wind schüttelte die Äste der Bäume, raschelte in den Blättern und ließ kühle Schauer über die Haut laufen. Unentwegt fielen Lorenz Sätze ein, mit denen er ein Gespräch beginnen wollte, aber er vermied es, als Erster zu sprechen. Es war eher sein Stolz als seine Höflichkeit, der ihn daran hinderte, seine Gedanken an jemanden zu verschwenden, der sie nicht hören wollte. Es musste fast eine halbe Stunde gewesen sein, die sie so dasaßen, bis dann Lorenz aufstand und im Gehen sagte: „Es war schön, mit ihnen gemeinsam dem Regen zu lauschen. Ich wünsche Ihnen eine gute Nacht." Ihren Gutenachtwunsch hörte er bereits im Weggehen.

Am nächsten Tag entspann sich beim Mittagessen eine Debatte darüber, was nun eigentlich Kunst sei und wer dies beurteilen könne. Jeder hatte eine Meinung dazu und die Standpunkte standen sich manchmal gegenüber. Es wurde von einem natürlichen Kunstverständnis von gebildeten Leuten und von künstlerisch begabten Menschen gesprochen, auch von einem angeborenen eigenen Kunstsinn. Die meisten der Anwesenden trauten aber doch geschulten und erfahrenen Experten am ehesten eine kompetente Beurteilung zu. Auch Lorenz mischte sich in die Diskussion.

„Wer soll bestimmen, was Kunst ist?", sagte er. „Van Gogh hat zu Lebzeiten nie ein Bild verkauft. Verdi hat man wegen mangelnder Musikalität nicht an der Musikakademie aufgenommen. Die beiden Genies haben nicht der Meinung ihrer Kritiker entsprochen. Es haben da Leute geurteilt, denen heute niemand Verständnis für Kunst zusprechen würde, und doch haben diese sogenannten Fachleute zu ihrer Zeit das Sagen gehabt. Ich möchte nicht wissen, wie viele unerkannte Van Goghs und Verdis heute unter uns leben und keine Anerkennung finden, nur weil sie keine Förderer haben oder weil sie nicht dem Zeitgeist entsprechen. Auch heute vertraue ich nicht den so genannten Experten; der Einzelne ist zu vor-eingenommen von seiner persönlichen Einstellung, und auch die Masse kann das nicht beurteilen. Wenn es vielen gefällt, ist es dann schön, ist es dann richtig? Wenn die Einschaltquoten im Fernsehen hoch sind, heißt das noch lange nicht, dass die Sendung gut ist. Wenn ein Buch ein Bestseller wird, bedeutet das nicht, dass es lesenswert ist. Produziert, gedruckt, ausgestellt und auch beworben wird, was Aussicht auf Ertrag hat." Während er sprach, sah er ein beipflichtendes Nicken und ein zufriedenes Lächeln auf Sibylles Gesicht. Das Ende der Mittagspause beendete dann auch die Debatte.

Am Abend machte sich Lorenz zu einem Spaziergang auf. Als er den Park mit seinen alten, mächtigen Bäumen verließ und in einen Feldweg einbog, traf er auf Sibylle. „Wir haben wohl die gleichen Vorlieben, muss ich feststellen“, sagte sie, und diesmal klang ihre Stimme gar nicht abweisend. „Wenn es Sie nicht stört, können wir ja gemeinsam gehen.“ Sie plauderten unbeschwert. Plötzlich sagte Sibylle: „Das hat mir gefallen, was Sie da gesagt haben mit den Einschaltquoten und den Bestsellern. Ich lese nie einen Bestseller, denn ich weiß von vornherein, dass das, was die Massen anspricht, mir nicht gefällt. Auch wenn das jetzt überheblich klingt, aber ich habe meinen eigenen Geschmack. Ich bilde mir gerne meine eigene Meinung und lehne die von anderen vorgedachte Wirklichkeit ab, ich denke mir meine Welt selbst.“

„Wie ist dann diese Wirklichkeit, Ihre, nicht die von anderen vorgedachte?“, fragte nach einer Weile Lorenz diese außergewöhnliche Frau an seiner Seite. Lorenz wurde bewusst, wie sehr sie ihm gefiel, ihre hübsche Figur, ihre zurückhaltende Art, die ihn lockte, ihre weiche Stimme, die seine Phantasie beflügelte und die er sehr erotisch fand. „Ich wehre mich gegen die Vereinnahmung durch andere, ich will nicht in der Beiläufigkeit des Lebens gefangen sein. Meine Welt ist ganz einfach, ohne Ballast, ohne Anpassung an andere, und sie gehört nur mir, denn sie ist meine Wirklichkeit“, erwiderte Sibylle. „Aber niemand kann alleine für sich leben, wir müssen alle Kompromisse schließen; und vor allem tragen wir doch diesen Wunsch in uns, mit jemandem unsere Welt zu teilen“, antwortete Lorenz und sah sie fragend an. Sibylle lächelte ein hintergründiges Lächeln, ein wenig belustigt, etwas ironisch und auch ein wenig

stolz und sagte nur: „Ich nicht", und es klang ein
großer Punkt hinter diesem Satz.

Die Sonne stand tief am Himmel und schickte
sich gerade an, in eine auf blauem Hintergrund
schwimmende, dünne Wolkenschicht zu tauchen,
die das gleißende Licht milderte und so etwas wie
einen Weichzeichner über die Landschaft legte.
Sibylle und Lorenz gingen mit leichten Schritten
durch die üppigen Felder und Wiesen. Grillen und
Zikaden zirpten mit tausenden Stimmen eine
Sommermelodie. Der Abend roch nach Himmels-
bläue und langen Schatten. Sibylle erzählte, dass
sie gerne Aquarelle malte, vor allem Landschaften.
„Diese hier zum Beispiel möchte ich malen. Was
mir am Malen gefällt, ist, dass es nicht nur ein
Wiedergeben ist von etwas, das man sieht, sondern
dass man sich selbst mit hinein gibt, seine eigenen
Empfindungen, sein eigenes Verständnis von der
Welt. Man hat sich dann auch selbst auf dem
gemalten Bild mit dargestellt." Lorenz erzählte von
seinen Schnitzereien, ein Thema, über das er sonst
wenig redete, aber in Sibylle fand er eine feinsinnige
Gesprächspartnerin, von der er merkte, dass sie
ihn verstand. Da schwang aber noch etwas anderes
zwischen ihnen. Bei aller Ernsthaftigkeit ihrer
Gespräche sagten sich ihre Blicke, wie sehr sie
einander gefielen. Irgendwie lief diese Unterhaltung
auf zwei Ebenen, einer verbalen und einer
nonverbalen, und auf der letzteren wurde viel mehr
mitgeteilt als dies ihre Gespräche taten.

Als sie eine Weile an einem Waldrand
entlanggegangen waren, sahen sie einen Hochsitz

zwischen den Bäumen. „Von dort oben möchte ich gerne hinunterschauen!" Übermütig klang auf einmal Sibylles Stimme und sie beschleunigte ihren Schritt und sah Lorenz herausfordernd an und als er einverstanden nickte, kletterten sie die steile Leiter hinauf. Beim Hinaufsteigen half Lorenz seiner Begleiterin und die Berührung ihrer Hände war wie ein Erkennen des Anderen, fast wie ein Versprechen, sich näher zu kommen, noch viel näher. So manche Sprosse hatte geknackt und auch als sie dann oben waren, in diesem Unterstand für Jäger, hatten sie zuerst kein allzu sicheres Gefühl in dem wackeligen Bretterhaus.

Die Sonne war untergegangen und hatte die Wolken mit leuchtendem Orange entflammt, das langsam verglühte, einem matten Rosa und einem ins Grau verblassenden Violett Platz machte und sich über den ganzen Himmel breitete. Lange standen sie schweigend nebeneinander und sahen auf die Landschaft hinunter. Sie spürten eine Spannung zwischen ihnen, wie elektrisch geladene Luft vor einem Gewitter. Durch eine plötzliche Bewegung von Sibylle kamen sich ihre Körper ganz nahe und berührten sich, es war wie ein Knistern, zwar nicht hörbar, aber für sie beide deutlich spürbar. Es machte sie verlegen, und sie sahen einander an mit staunenden Augen, ganz aus der Nähe, und sie spürten, wie gut diese Nähe tat, sekundenlang verharrten sie wie gebannt. Unwillkürlich trat Sibylle einen Schritt zurück, aber da kam über sie beide ein Verlangen, das wie Durst war, Durst auf den anderen, nach seiner Nähe, nach seinen Händen, seinen Lippen, Durst, den man nur aneinander stillen konnte. Als Lorenz dann seine Arme um Sibylle legte, war das wie eine hochzüngelnde Flamme nach einem Blitzschlag.

Als sie wieder Augen für die Landschaft hatten, waren die Farben vom Himmel verschwunden. Ganz nah beisammen standen sie und blickten in die beginnende Dämmerung, die die Konturen weich machte. Die sanfte Linie eines bewaldeten Hügels, der weite Blick in die langgezogene Ebene, ein stiller Teich mit Schilf bewachsenem Ufer, von dem zarte Schleier aus Dunst über das Grün der Wiesen zogen – es war wie eine romantische Kulisse für ihre unruhigen Herzen.

Fast schweigend gingen sie zurück, und wenn sie doch sprachen, klangen ihre Stimmen belegt. Sie schienen es eilig zu haben, ein bestimmtes Ziel vor Augen, auf das sie nicht mehr lange warten wollten. Sie hatten von etwas gekostet, von dem sie noch nicht satt waren. Mehr wollten sie davon haben, mehr. Es wehte ein kühlender Wind an diesem warmen Sommerabend, aber es war eher wie ein Föhnsturm nach einem langen Winter, der sie beide erfasste, als sie endlich im Schloss angekommen waren und die Tür von Lorenz Zimmer sich hinter ihnen schloss.

Der Raum war erfüllt mit verwirrender Schwüle, Sommernachtsdüfte beflügelten die Fantasie, die leuchtenden Lampions des Begehrens hingen in der weichen Dunkelheit der Nacht. Diese Nacht – Fallenlassen in neu aufbrechende Gefühle, erfüllt mit wiederentdecktem Leben. Die Zeit wurde dicht, vollgefüllt mit Nähe. Die Zeiger der Uhren gingen langsamer in dieser Nacht, die Stunden bekamen Ausbuchtungen vom Gewicht des Glückes. Die Hände wurden leicht im Verströmen von Zärtlichkeiten, ihre glückstrunkenen Körper leuchteten voll Begehren. Locken und Gezogen-Werden, Entdecken, Verströmen und Festhalten, Einssein für Momente und Zurückfallen in das eigene Eingeschlossensein und dann wieder dahinjagen auf feurigen Rossen; es war das Rad der Leidenschaft, das sie nicht stillehalten ließ und sie sich satt trinken hieß mit Gegenwart. Der Duft von Phlox, von dem die Beete draußen randvoll waren, zog durch das Zimmer und vermischte sich mit dem Geruch ihrer warmen Haut.

Die Tage vergingen. Und die Nächte vergingen auch, Nächte voll Schönheit, hergeweht aus der Ewigkeit, dem Zauber des Augenblicks hingegeben, umstanden von Schatten, im Mondlicht gewebt. Diese Stunden wurden zeitlos, sie kannten kein Maß, keines außer der Dauer einer Umarmung, keines außer den Momenten der Verzückung. Fremdes wurde vertraut, Ferne wurde Nähe. Es entstanden wieder Stunden, die klar waren in ihrer dichten Schwärze, Stunden, in denen Wolken tanzten und die Nachtfalter mit dem Vibrieren ihres Flügelschlages etwas in Bewegung setzten, etwas nicht Sagbares, aber es quoll aus dem Überfluss der Zeit, die nur ihnen gehörte.

In den Nächten gaben sie sich preis, da war so viel Nähe zu finden, aber sie verblasste mit dem Morgengrauen, und wenn Lorenz dann am Tag die

Geliebte betrachtete, war sie manchmal für ihn wie eine Porzellanpuppe, von der er nicht wusste, wer sie war. Er hatte das Gefühl, sie ganz behutsam anfassen zu müssen, dieses ätherische Wesen, das nicht fest mit der Erde verbunden schien, sie festhalten zu müssen, damit sie nicht entschwand wie ein Traum aus der Nacht. Da waren Wolken in ihren Augen, wie sanfte Schatten in hellem Sonnenlicht, die Lorenz nicht zu deuten vermochte.

An den Abenden machten sie lange Spaziergänge, sie beide allein, und sie hatten viel zu reden. Bei den Gesprächen mit den anderen in der Gruppe blieb Sibylle meistens ziemlich einsilbig und beteiligte sich wenig. Doch dann allein mit Lorenz war sie eine ganz andere, ihre Gedanken waren voll Tiefe und Fantasie, ihre Sprache war gewählt und mit bunten Bildern erfüllt. „Ich kann mit der Realität der anderen Menschen nichts anfangen", sagte sie einmal bei einem abendlichen Spaziergang, „ihre Tatsachen vermitteln mir nichts, und ich merke, dass meine Gedanken die anderen nicht interessieren. Irgendwie bin ich fremd in dieser Welt. Manchmal habe ich das Gefühl, in eine falsche Welt geraten zu sein. Vielleicht bin ich der Schöpferhand entglitten und in ein mir nicht zugedachtes Leben gefallen."

Dann kam der letzte Abend. Der Abschied stand bevor. „Du hast mir etwas Wunderbares geschenkt", sagte Sibylle, „das Gefühl, geliebt und begehrt zu werden, dafür werde ich dich immer ein bisschen in meinem Herzen bewahren. Das kannst du, einem dieses Gefühl geben, diese Illusion vermitteln, für die manche Menschen ihre Eigenständigkeit und ihre Freiheit aufgeben und ihr ganzes bisheriges Leben." – „Das kann doch nicht das Ende sein", sagte Lorenz, „ich muss dich wiedersehen. Die Zeit mit dir war unsagbar schön." – „Ja", sagte Sibylle in die kurze Pause von Lorenz hinein, „DIESE STUNDEN WAREN WIE DUFTENDE BLÜTEN, von denen sich Schmetterlinge und Bienen verführen lassen und sich an ihnen laben. Wir sollten nicht weniger klug sein als Bienen und Hummeln; sie wissen, wann die Süße verbraucht ist, der Nektar getrunken, und sie fliegen weiter". „Aber ich kann mir nicht vorstellen, dich wieder zu verlieren", beharrte Lorenz. „Darf ich dich wieder sehen?"

Sie saßen auf einem umgeschnittenen Baumstamm am Rande des Waldes, die bunte Sommerwiese vor sich. Der Abend legte bereits seine samtene Weichheit über den Himmel, und die Stille zog zögernd in den nahen Wald. „Nein", antwortete Sibylle, „ich möchte dich nicht wieder sehen. Auch für mich war die Zeit mit dir wunderschön, doch ich will wieder zurückgehen in mein Leben und außer den bunten Blumen der Erinnerung nichts mitnehmen, was mein Leben verändert. Vielleicht sehen wir uns einmal wieder, wenn es sich so ergibt und wenn sich unsere Wünsche nach Liebe und Zärtlichkeit wieder treffen. Es war unendlich schön mit dir, aber ich halte nicht viel von allzu großer Nähe, sie schränkt mich ein. Nähe – ja, kurz und mit aller Intensität, aber dann muss ich wieder fortgehen können und mit mir alleine sein."

„Das kann nicht sein, nach dem, was wir jetzt erlebt haben, wieder das Alleinesein suchen? Jeder hat doch den Wunsch in sich nach Liebe, nach einem Gegenüber, nach Zweisamkeit", antwortete Lorenz ungläubig. „Ich nicht", sagte Sibylle mit fester Stimme und setzte dann noch hinzu: „Ich liebe die Einsamkeit." – „Hast du schlechte Erfahrung gemacht, bist du enttäuscht worden in deinem Leben?", wollte nun Lorenz wissen. „Nein, ich war schon immer so, ich bin in diese Welt des Alleinseins hineingeboren. Da war von Kindheit an eine große Einsamkeit um mich, in der ich mich eingerichtet habe und die ich als meine Welt erkannt habe. Natürlich habe ich auch gelernt in der Welt der anderen zu leben, aber ich konnte mich nicht in die Lebensweise der Allgemeinheit eingliedern, nichts von ihren Wertvorstellungen konnte ich übernehmen. Mein eigentliches Leben fing erst in meiner eigenen Einsamkeit an, und die war immer schon voll intensivem Leben. Ich habe nie wirklich jemanden gebraucht. Mein Gegenüber ist meine Fantasie und die Achtsamkeit mir selbst und dem Leben gegenüber. Meine Welt war schon immer so dicht, so bunt und leuchtend, dass es mir um jede Stunde, die ich außerhalb verbracht habe, Leid getan hat. Ich brauche keine Zerstreuung, keine Unterhaltung, das ist alles vertane Zeit. Es ist schade um die ungelebten Stunden. Dass ich dich ein wenig in mein Leben gelassen habe, liegt daran, dass da etwas um dich ist, das nur ganz wenige

Menschen haben, ich kann es nicht erklären, es ist so etwas wie ein geheimes Wissen um die tief verborgenen Gedanken, du strahlst etwas aus, etwas so Vertrautes, dass ich mich mit dir einlassen konnte, ohne dass etwas Fremdes zu mir gekommen ist." Mit einem koketten Lächeln fügte sie dann noch hinzu: „Und dann sind da noch deine zärtlichen Hände, denen man ganz einfach nicht widerstehen kann."

„Aber nachdem ich nun schon ein bisschen in deinem Leben bin, sollte man zumindest versuchen, ob das nicht auch ganz schön sein könnte und ob es dir in der Welt da draußen nicht doch gefällt. Man läuft auch Gefahr, sich in die Welt seiner eigenen Gedanken einzuschließen und als Gefangener seiner Seelenlandschaft darinnen zu leben." Sibylle gab keine Antwort. Lange schwieg sie und Lorenz wartete. Das Abendrot war verblasst. Das Konzert abertausender Grillen und Zikaden steuerte seinem Höhepunkt entgegen.

Leise fing Sibylle wieder zu sprechen an: „Die Sommerwiese seufzt in der Fülle ihres Lebens, ihr Duft fließt unaufhörlich in die Ewigkeit. Ich spüre das Atmen des Abendhimmels. Die Schatten der Melancholie steigen aus den feuchten Schleiern der Dämmerung. Ich lasse das alles in mich hinein, bis in die Tiefen meiner Seele. Ihr Grund gleicht einem dunklen Teich und auf dem Wasser an der Oberfläche liegen golden glitzernde Ringe von Sonnenlicht. All das Schöne ringsum lasse ich in die Dunkelheit fallen, bis sie hell glänzt in ihrer Dichte. Geheimer Reichtum ist es, den ich anhäufe, und ich bin geborgen in dieser Welt, die ganz die meine ist. Meine Welt gibt es nur um den Preis des Alleinseins. Da hat sonst niemand Platz. Dich will ich nicht wieder sehen, denn du wirst mir gefährlich. Dich könnte ich in meine Welt holen wollen, aber es wäre ein trügerisches Glück, das wir fänden, und es würde meine eigene Welt, die mir alleine gehört, zerstören. Ich bin nicht geschaffen für Zweisamkeit."

Lorenz drang nicht weiter in Sibylle. Er hatte seine Meisterin gefunden, eine Frau, die noch weniger bereit war als er, einen anderen in ihr Leben zu lassen.

*

Die Jahre vergingen. Lorenz' Patchwork-Familie funktionierte recht gut. Jeder hatte genug Freiraum, konnte sein eigenes Leben führen und hatte doch einen sicheren Rückhalt in dieser zusammengewürfelten Familie, hatte sein Zuhause und fand Verständnis bei den Familienmitgliedern. Theresa und Hanna wuchsen wie zwei richtige Schwestern auf, die einander liebten und die sich auf ihre Eltern verlassen konnten.

Verhältnisse mögen verworren sein. Solange Liebe und Toleranz herrschen zwischen den Menschen, ist das ein gutes Umfeld, in dem sich Kinder wohl fühlen und unbeschwert heranwachsen können; und vielleicht standen sie näher und enger beisammen als andere in herkömmlichen Familien.

12. MARGARETHE

An einem späten Frühlingsnachmittag fuhr Lorenz noch schnell zu einer Kundin in einem Nachbarort. Sie hatte ihn angerufen und ihn gebeten, einen Schrank für eine Ecke in ihrem Wohnzimmer anzufertigen. So fuhr er hin, um die Bestellung aufzunehmen und Maß zu nehmen. Er hatte schon vor vielen Jahren in diesem Haus etliche Möbelstücke angefertigt, eine komplette Bauernstube und auch sonst noch einiges. Lange war er nicht mehr da gewesen. Der Hausherr war vor einiger Zeit gestorben, die Kinder mussten wohl schon aus dem Haus sein. An die Frau hatte er nur mehr eine vage Erinnerung; eine gutmütige, etwas rundliche, weiter nicht bemerkenswerte Frau, die mittlerweile auch schon gegen die Sechzig sein musste.

Er fand das Haus und läutete. Eine attraktive, schlanke, hübsch gekleidete Frau öffnete ihm lächelnd und bat ihn hereinzukommen. „Ist Frau Fabian nicht zu Hause? Ich habe mit ihr einen Termin vereinbart", fragte er die ihm Unbekannte und hatte gleichzeitig das Gefühl, im falschen Haus zu sein. „Aber das bin ich ja, Margarethe Fabian", antwortete sie, „Sie erkennen mich nicht mehr?" Es musste ihm wohl der Mund offen stehen geblieben sein, und er versuchte krampfhaft, sich das Gesicht der ihm seinerzeit bekannten Bewohnerin des

Hauses in Erinnerung zu rufen. Aber diese Frau hier hatte rein gar nichts mit jener, an die er sich erinnerte, zu tun. Hier stand eine schlanke, schick gekleidete und dezent geschminkte Dame vor ihm, mit rötlichem, kinnlangem Haar. Das damals war eine durchschnittliche Hausfrau gewesen, mit schon leicht grauem Haar und etlichen Kilos mehr, die um Jahre älter ausgesehen hatte. Er hatte doch eine Bauernstube für sie gemacht, für diesen Raum, in den sie ihn nun führte. Aber alles war anders, grazile Möbel und Lampen, modernes Design, hübsche Teppiche, geschmackvolle Blumenarrangements. Alles war anders, so wie die Frau selbst.

„Ich verstehe Ihre Verwunderung", sagte Frau Fabian, „die meisten, die mich längere Zeit nicht mehr gesehen haben, erkennen mich nicht wieder. Und das zu Recht, denn ich bin auch eine andere geworden. Äußerlich und innerlich. Sozusagen ein neues Leben...." Dann besprachen sie den Schrank, den sie in Auftrag geben wollte, sie hatte ganz präzise Vorstellungen: einfach, schlicht, filigran, zum übrigen modernen Interieur passend. Als dann die geschäftlichen Gespräche beendet waren, lud Frau Fabian Lorenz noch auf ein Glas Wein ein. Es entstand ein sehr nettes Gespräch, sie fanden heraus, dass sie die gleichen Filme bevorzugten, den gleichen Lieblingsschriftsteller hatten und auch sonst in vielem ähnlich dachten. Das Gespräch wurde immer persönlicher. Deshalb wagte Lorenz dann auch zu fragen, wie es nur möglich sei, dass man sich so ändere, dass auf einmal ganz andere

Möbel und Vorhänge im Haus seien, dass moderne Bilder an den Wänden hingen und ein Mensch auf einmal ein ganz anderer sein könne.

„Sie wissen, dass mein Mann vor mehr als sechs Jahren gestorben ist. Es war ein schwerer Schlag für mich. Wir haben eine gute Ehe geführt und plötzlich war ich allein und habe nicht gewusst, wie dieses Leben weitergehen soll. Die Kinder waren schon aus dem Haus, in die Stadt gezogen und lebten ihr eigenes Leben, und ihre fallweisen Besuche reichten nicht, um meinem Leben einen sinnvollen Inhalt zu geben. Am Anfang war es schwer. Aber wenn man erst den größten Schmerz überwunden hat, muss man feststellen, dass da eine neue Kraft ist und neue Lebensfreude. Plötzlich entstand etwas Neues. Darauf war ich nicht vorbereitet gewesen. Genau in dem Moment, in dem ich geglaubt hatte, nun sei mein Leben vorbei, mein Leben, das seinen Sinn bezogen hatte aus Ehe und Familie, aus Kinderkriegen und Kindergroßziehen, aus dem Dasein für die, die ich liebte, dann, in diesem Augenblick, wo alles seines Sinnes beraubt erschien, DA KAM AUF EINMAL EIN NEUES LEBEN ZU MIR. Es kam von ganz alleine, und ich ließ es mit mir geschehen. Es war überwältigend. Auf einmal war *ich* wichtig, denn nichts lenkte mich mehr von mir ab. Ich fing an mit der Frau da in mir drinnen, die sich ein Leben lang verborgen gehalten hatte, zu sprechen, und jeden Tag hatte sie mehr zu sagen, wurde wirklicher, bis sie eines Tages so total Besitz ergriffen hatte von meinem Leben, dass sie es übernahm, das Leben zu gestalten. Als Erstes lernte ich, gut zu mir zu sein. Oh, es ist wunderschön, wenn man sich selbst ganz annehmen kann und sich selbst leben kann. Zuerst weiß man nicht, was man eigentlich will, aber wenn man lange genug in sich hineingehorcht hat, kommt man sich ganz nahe und erkennt sich immer besser. Wir tragen alle viele Lebensentwürfe in uns, so viele Skizzen von verworfenen Möglichkeiten oder nicht ans Tageslicht getretenen Fähigkeiten, und dieses ganze ungelebte Leben drängte plötzlich an die Oberfläche.

Ich fing an ein neuer Mensch zu werden. Nach so vielen Jahren des Daseins in einem Leben für den Ehemann, die Kinder, für das Funktionieren einer Familie, für die Erwartungen der anderen, nach all diesen langen Jahren war ich nur mehr für mich da. Das Leben war auf einmal Veränderung, in allen Bereichen. Nachdem ich mich innerlich verändert hatte, war es mir ein großes Bedürfnis, mich auch äußerlich dieser neuen Person zu nähern. Ich legte Wert auf eine gute Figur, eine neue Frisur, das Grau der Haare wurde durch ein lebensbejahendes Rotbraun ersetzt, Kosmetika und Schminkutensilien hielten Einzug in mein Badezimmer, den Inhalt meines Kleiderkastens schenkte ich der Wohlfahrt, und jedes Kleidungsstück, das ich nun erwarb, war ein persönliches Fest für mich. Auch die mich umgebende Welt änderte ich: Die Möbel, die Vorhänge, alles wurde umgestaltet, alles entspricht meiner neuen Lebensart, meiner neuen Denkweise. Die Teppiche, die Bilder, die Vasen, die Gläser, die Musik, die ich höre, die Bücher, die ich lese – es ist alles neu, ich bin in einem ganz neuen, jungen Leben."

Dann folgte ein langes Schweigen, in dem Lorenz nur ungläubig auf diese verwandelte Frau blickte und auf ihr Geheiß hin die Gläser wieder neu füllte. Lächelnd sprach sie weiter. „Und dann kam etwas noch viel Unwahrscheinlicheres. Dann kam wieder die Liebe zu mir." Wieder schwieg sie eine Weile und blickte versonnen vor sich hin. „Ich muss Ihnen das erzählen, denn sonst wäre mein Bericht nicht echt, nicht vollständig. Ich kann darüber reden, denn ich bin sehr mutig geworden, und ich nehme mir die Freiheit, ganz einfach die Wahrheit zu sagen. Das ist ein Teil, ein wesentlicher Teil meines neuen Lebens, den Mut zu haben, die Wahrheit auszusprechen und in Freiheit zu leben, offen und ehrlich sein, ganz einfach ich selbst sein, denn ich bin nur mir verpflichtet und richte mich nicht nach der Meinung anderer.

Dann kam also wieder die Liebe. Nein, dann kam sie in nie gekannter Schönheit. Es wäre undankbar zu sagen, ich hätte früher nicht die Liebe erlebt. Aber das war so lange her, hatte einer Partner-schaft Platz gemacht, die der Mann dominierte, in der er den Stellenwert der Dinge bestimmte. Und ich habe immer funktioniert. Gar nicht unwillig, ganz einfach ohne nachzudenken, weil es eben so war, weil es immer so war, wie bei den meisten Ehen in meiner Generation. Bei den Frauen, die sich dagegen auflehnten, da kam es früher oder später zu einer Trennung, entweder weil die Frau nicht mehr wollte oder weil die Frau als Partnerin nicht mehr genug angepasst war und sich dann doch wieder eine geduldigere, unterwürfigere fand. Ich aber hatte nie Flausen im Kopf gehabt, ich wusste, was ich meiner Ehe schuldig war. Heute wird mir erst klar, wie viele Gedanken ich verdrängt haben muss, denn sonst wären sie nicht auf einmal alle da gewesen, fast überfallsartig.

Meinem Mann bin ich dankbar dafür, dass ich Familienglück und Mutterschaft erleben durfte und mich dabei ganz wohl gefühlt habe. Aber ich bin ihm auch dankbar dafür – egal wie herzlos das jetzt klingt – dass er mich zu einem Zeitpunkt verlassen hat, an dem ich noch ein neues, aufregendes Kapitel meines Lebens vor mir habe, wo mir noch ein komplettes, neues Leben geschenkt wird.

Hätte ich je gedacht, dass ich mich wieder verlieben würde, so verlieben wie mit achtzehn oder zwanzig Jahren, dass die Welt wieder neu sein würde? Jetzt mit fast sechzig Jahren! Ein neuer Frühling im Herbst meines Lebens, welche Ungeheuerlichkeit! Das ist fast unmoralisch in unserer Zeit, wo nur Jugend einen Wert hat, wo Liebesgefühle nur mit ranken, jungen Körpern in Verbindung gebracht werden. Gefühle würde man uns ja noch gestatten, solange sie nur im Kopf und im Herzen stattfinden, aber Leidenschaft und Sinnesfreuden in den Armen eines Mannes werden für eine alternde Frau nicht mehr akzeptiert. Deshalb muss ich es sagen, denn vielleicht geht es anderen auch so. Man sollte sich nicht dafür schämen, diese Gefühle nicht verbergen, man sollte sie der Welt mitteilen, damit andere Frauen auch den Mut haben, in späteren Jahren noch einmal das Wagnis der Liebe einzugehen. Für Männer, für alternde, nicht mehr taufrische, was heißt das – für glatzköpfige, dickbäuchige, für Männer mit Faltenwurf im Gesicht und falschem Gebiss – für die ist es gesellschaftlich erlaubt, noch Lust zu empfinden, tunlichst mit einer hübschen, jungen Frau. Und es ist die überragende Persönlichkeit des Mannes, seine Klugheit, seine Lebensweisheit, sein gesellschaftlicher Status, nie sein dickes Bankkonto, wie böse Zungen behaupten, die eine junge Frau an seine Seite zieht. So sagt man. Ich weiß es nicht.

Für mich ist mein jetziges Leben wie der wiedererwachte Frühling, den ich nun genieße, wie ich ihn in jungen Jahren nicht fähig war zu erleben. Die Liebe, die ich jetzt erlebe, ist eine ganz andere als sie damals war. Diese Liebe nun ist Freisein, ist von niemandem eingeschränkt werden und den anderen ihn selbst sein lassen. Es ist ein kostbares Geschenk des Lebens, meines zweiten Lebens. Dankbar blicke ich jedem neuen Tag ins Gesicht und genieße den Augenblick, jeden einzelnen.“

„Darauf trinken wir jetzt“, unterbrach Lorenz das an diese lange Erzählung anschließende Schweigen und hob sein Glas, um damit anzustoßen. „Mich brauchen Sie nicht von der Liebe überzeugen, ich bin ein begeisterter Jünger dieser Dame, Venus oder Aphrodite oder wie immer wir sie nennen wollen. Auch glaube ich, dass Liebe an kein Alter gebunden ist, wir brauchen dafür nur offene Sinne und ein lebendiges Herz."

Als Lorenz dann am späten Abend von dieser bemerkenswerten Frau wegfuhr, hatte er das Gefühl, dass eine Schranke geöffnet worden war, über die er nie zuvor hinausgeblickt hatte, und noch lange dachte er über das Gespräch nach, über die eine Frau und über die andere, über diese zwei unterschiedlichen Frauen, die doch eine waren.

*

Lorenz hatte in nächster Zeit überhaupt viel nachzudenken über Frauen und ihr Verhältnis zur Liebe und darüber, dass Liebe an kein Alter gebunden ist, lebte er doch mit drei weiblichen Wesen in einem Haus, denn die beiden Töchter entschwanden schön langsam dem Kindsein und Regina war auch noch keine alte Frau. Theresa war mittlerweile fast achtzehn Jahre alt und bis über beide Ohren verliebt in Martin, und Martin war verliebt in Theresa. Hanna, mit ihren zwölf Jahren, erzählte mit koketter Stimme von ihren Verehrern und Schwärmereien und „ging" seit Neuestem mit einem Buben aus ihrer Klasse.

Ja, und dann war da noch Regina. Regina hatte sich auch wieder verliebt. Sie hatte einen neuen Partner gefunden, mit dem sie nochmals das Wagnis einer Lebensgemeinschaft eingehen wollte. Lorenz gönnte ihr das Glück, und doch tat es ihm leid, dass sie nun von hier wegziehen würde, als Erste diese eigenwillige Familie verlassen wollte; er wusste, sie würde ihm fehlen. Irgendwie, wenn auch in anderer Art als sie es damals vor vielen Jahren vor dem Altar geschworen hatten, hatten sie sich wirklich die Treue gehalten, denn sie waren nun für lange Zeit in guten und in schlechten Tagen füreinander da gewesen. Aber so viel sollte sich nicht ändern, Regina wollte weiterhin jeden Tag kommen und den Haushalt führen, „so wie man eben zur Arbeit geht, um seinen Lebensunterhalt zu verdienen und für seine Pension vorzusorgen", sagte sie ganz pragmatisch. Theresa blieb natürlich weiterhin da, hier war ihr Zuhause, und hier hatte sie ihre Familie; und Martin verbrachte so viel Zeit mit Theresa, dass ihn alle als ein neues Familienmitglied betrachteten. Hanna brachte Freundinnen und Freunde aus der Schule mit, das Haus war erfüllt mit Lachen, jungen Stimmen und buntem Treiben.

Wie ein breites Flussbett war das Leben, da war Platz für tosende Wasser und für ruhige Wellen, und jeder konnte versuchen seine Lebensvorstellungen und Gefühle zu verwirklichen. Es war ein gutes Leben für alle Beteiligten.

13. KAROLINE

Karoline lernte er in einer Buchhandlung kennen. Sie standen beide vor demselben Regal und griffen abwechselnd nach denselben Büchern. Das Universum war ihr Thema. Irgendwie kamen sie dabei ins Gespräch, redeten über die Faszination der Sterne und die unergründliche Tiefe des Weltalls, darüber, wie viele neue Erkenntnisse die letzten Jahre gebracht hatten und wie wenig man trotzdem noch wusste über diese unendlichen Weiten. Am Ende entschieden sie sich beide für das gleiche Buch und verließen gemeinsam das Geschäft.

„Ich bin jetzt durstig geworden vom vielen Blättern. Haben Sie nicht auch Lust auf ein kühles Getränk?", fragte Lorenz und wies mit einladender Geste auf ein Tischchen und leere Sessel vor einem Kaffeehaus, an dem sie gerade vorübergingen. Karoline nahm an, und so führten sie ihr Gespräch über die Winzigkeit dieses Sandkorns Erde, auf dem wir wohnen, weiter, und bald wurde daraus eine sehr charmante und anregende Unterhaltung, so interessant, dass Lorenz Karoline um ein Wiedersehen bat und sie zu einem baldigen Abendessen in ein Restaurant einlud.

An einem der nächsten Abende trafen sie sich dann im besten Lokal, das Lorenz kannte. Er wollte dem Treffen mit Karoline einen zu ihr passenden

Rahmen geben, elegant und exquisit. Karoline war eine gut aussehende Frau, hübsch geschminkt und modisch gekleidet. Ihre schlanke Figur, ihre elastischen Bewegungen und ihr gewinnendes Lachen ließen sie fast mädchenhaft erscheinen, doch hatte die Zeit schon feine Linien und Fältchen in ihr ansonsten glattes Gesicht gezeichnet und eine gewisse Müdigkeit unter den Augen straften ihr jugendliches Erscheinungsbild Lügen. Das straff nach hinten gekämmte Haar betonte die hohen Wangenknochen und verlieh dem Gesicht eine gewisse Strenge, die aber durch die vollen, schön geschwungenen Lippen wieder gemildert wurde. Große, sprechende Augen vervollständigten dieses schöne, interessante Gesicht, dem man sein Alter nicht ansah. Anfang Fünfzig war Karoline, und sie machte kein Hehl daraus. „Das wahre Alter tragen wir inwendig", sagte sie, „und wenn man innen jung ist, spielt das Alter keine Rolle". Das Essen in dem Lokal war sehr gut, der Wein schmeckte, und ihre Unterhaltung war herzlich. Karoline war sehr charmant, hatte eine wohltönende Stimme und konnte wunderbar erzählen. Allmählich wurden die Gesprächsthemen persönlicher und man gab etwas aus seinem Leben preis, Details fürs Erste, simple Sachverhalte, Lebensanschauungen.

Dass Karoline einen Ehering trug, war Lorenz erst heute aufgefallen. Auf die Frage, ob sie denn verheiratet sei, da bis jetzt kein Ehemann in ihren Erzählungen aufgetaucht sei, antwortete Karoline: „Eigentlich ja. Aber ich lebe alleine. Mein Mann ist vor vier Jahren von zu Hause ausgezogen, zu einer

Jüngeren, ohne die er, wie er sagte, nicht leben kann." Sie sprach mit unbeschwerter Stimme, strahlte Lorenz aus großen Augen an und setzte mit einem halben Lächeln fort: „Darf ich mir noch einen Nachtisch aussuchen? Ich liebe süße Sachen." Der Nachtisch wurde dann sehr opulent und sie aß ihn mit großem Genuss. Lorenz fragte nicht weiter nach ihrer Ehe oder Nichtehe. ‚Sie wird es mir schon erzählen, wenn ihr danach zumute ist', dachte er sich, und sein Blick glitt gedankenvoll über ihre schlanken Finger, an denen der Ring steckte.

„Sie wundern sich sicher, warum ich den Ehering nach so langer Zeit immer noch trage. Ich frage mich das manchmal selbst, aber ich bin mir nicht sicher. Eine Zeitlang habe ich darauf gewartet, dass mein Mann wieder zu mir zurückkommen würde, nachdem er nicht nach einer Scheidung verlangt hat. Dann habe ich mich an das Alleinsein gewöhnt und gemerkt, wie schön es sein kann. Ich habe die Vorteile des Für-mich-selbst-Entscheidens kennen gelernt, des Für-mich-selbst-verantwortlich-Seins, des Für-mich-Zeit-Habens. Ich genieße meine Freiheit und bin durchaus zufrieden." Sie machte eine Pause. Nach einer Weile fuhr sie fort: „Vielleicht ist es nur Gewohnheit oder die Angst vor einer endgültigen Entscheidung, denn irgendwann wird man die Angelegenheit wohl zu einem Ende bringen müssen." Sie sprach ganz sachlich und Lorenz merkte ihr nicht an, welche Gefühle sie hatte, während sie so kühl berichtete.

Der Abend wurde lang, und sie erzählten einander sehr viel. Lorenz erfuhr, dass Karoline halbtags bei einer Versicherung arbeitete, dass ihr Noch-Ehemann Techniker und im Staatsdienst beschäftigt war und dass sie einen erwachsenen Sohn hatte, der in England lebte. Sie wohnte alleine in einem großen Haus, in dem früher bequem Platz war für die ganze Familie. „Wenn man sich erst daran gewöhnt hat, ist es eigentlich wunderschön, so ganz alleine in einem großzügigen Haus zu leben, es färbt ab, man fühlt sich dann irgendwie verwöhnt und bevorzugt behandelt." Das, was sie sprachen, klang alles ziemlich sachlich und doch spürten beide, dass da mehr war, dass eine einladende Botschaft zwischen ihnen mitgeteilt wurde, und beide wussten, dass da eine Geschichte angefangen hatte, deren Ende nicht abzusehen war. Als sie sich dann spät in der Nacht vor Karolines Haus voneinander verabschiedeten und Lorenz um ein neuerliches Treffen bat, sagte Karoline: „Diesmal lade ich ein. Ich werde für Sie kochen, wenn es Ihnen recht ist am Samstagabend." Es war ihm recht.

Lorenz kam mit Blumen und trug seinen neuen dunkelblauen Anzug. Schon beim Betreten des Hauses spürte er eine außergewöhnliche Atmosphäre. Ein leichter Duft von Blüten und exotischen Gewürzen lag in der Luft. Der Esstisch war wundervoll gedeckt mit schönem Porzellan, langstieligen Gläsern, Blumenschmuck und Kerzen. Karoline trug ein elegantes Kleid, das ganz auf Figur geschnitten war und ein aufregendes

Dekolleté hatte. Ihre Haare waren hochgesteckt und nur ein paar Strähnchen fielen kokett über die Schläfen und umschmeichelten die Ohren, in denen zarte Gebilde von Ohrgehängen wippten.

Es wurde ein wunderbarer Abend. Das Essen schmeckte exzellent, der Wein war erlesen. Das Gespräch floss leicht dahin zwischen genussvollem Kauen dieser köstlichen Gaumenfreuden. Die Bewegungen ihrer Hände, wenn Karoline das Glas hob, das leichte Schürzen ihrer vollen Lippen, wenn sie einen Satz nicht ganz zu Ende sprach, sondern ihn verheißungsvoll in der Luft hängen ließ, die Botschaften, die sie mit ihrer Körperhaltung aussandte, das leichte Heben der Schultern über diesem raffinierten Dekolleté, wie sie den Kopf ganz leicht zur Seite neigte und Lorenz ein wenig von unten herausfordernd anblickte – das alles erweckte eine Erwartung in Lorenz, die ihm die Brust weit machte. Das verborgene Feuer des Weines, das nun in seinen Adern glühte und die köstlichen Gewürze in den Speisen hatten all seine Sinneswahrnehmungen gesteigert und er fühlte förmlich ein Prickeln in der Luft. Da war eine Aufforderung an ihn ergangen, ein Lockruf, ein Versprechen auf einen köstlichen Nachtisch, und das nicht nur in kulinarischer Hinsicht.

Und doch, bei aller Verlockung, die von ihr ausging, ließ diese wunderschöne Frau, die ihm da gegenüber saß, eine Distanz zwischen ihnen bestehen, die Lorenz irgendwie befangen machte und ihn nicht die richtigen Worte finden ließ, um sich ihr zu nähern. Trotz aller Versuchung, die er spürte, war da auch etwas Unnahbares an ihr, das ihn verwirrte. So tranken sie noch einige Gläser nach dem Essen, und das Gespräch wurde immer leiser, als ob laute Worte gestört hätten. Das Knistern in der Luft war fast schon zu hören.

Als sich dann endlich die Situation ergab, dass sie sich gegenüberstanden und Lorenz vorsichtig seine Arme um Karoline legte und sie leicht an sich zog, wich sie einen Schritt zurück, streichelte sanft mit ihren kühlen Händen über seine Wangen, dass ihn ein Schauer überlief und sagte: „Ich glaube, wir lassen es dabei bewenden. Der Abend war sehr schön." Damit entzog sie sich seinen Armen und war auf einmal ganz kühle Distanz und ein geheimnisvolles Lächeln umspielte ihren Mund. Ihre Abwehr machte sie noch reizvoller und begehrenswerter. Lorenz bedankte sich für den Abend und verabschiedete sich. Er war so verwirrt durch dieses plötzliche und unerwartete Ende, dass er sogar vergaß um ein Wiedersehen zu bitten. Als er in der Tür stand und zurückblickte, sah er wieder in verheißungsvoll leuchtende Augen aus denen alles Kühle verschwunden war. Er spürte, diese Frau trug ein unerlebtes Fest in sich, und sie wartete auf einen, mit dem es Wirklichkeit werden sollte.

Den ganzen Sonntag brütete er darüber, was er vielleicht falsch gemacht hatte, was er hätte sagen sollen, Dinge, auf die Karoline vielleicht gewartet hatte zu hören, wie er sich beim nächsten Treffen verhalten sollte, wie er die Nähe zu dieser Frau finden konnte. Am Abend griff er dann zum Telefon und ihre melodiöse Stimme meldete sich. „Dieser Abend verlangt nach Fortsetzung, wann darf ich wieder kommen?“, fragte er nach ein paar höflichen Begrüßungssätzen kühn in den Hörer hinein, wobei er sein Herz klopfen spürte. „Wäre halb neun eine passende Zeit für Sie?“, gab sie ganz selbstverständlich zurück und er hörte einen leicht vibrierenden Unterton in ihrer Stimme. „Halb neun, heute, halb neun, ja das passt wunderbar, ich freue mich“, antwortete er voll Überraschung. Eigentlich hatte er gedacht, sie würde ihn vertrösten, würde ihn ein paar Tage warten lassen und er müsste sie erst überreden. Karoline verstand es, ihn zu verwirren.

Um Punkt halb neun klingelte Lorenz an der Haustür. Ohne weitere Rückfragen über die Gegensprechanlage wurde geöffnet und er trat in die Diele. Niemand empfing ihn, nur die duftende Atmosphäre, die ihn gestern schon begrüßt hatte, umfing ihn. Unschlüssig trat er in das Wohnzimmer, eine dunkelrote Rose, die er noch schnell besorgt hatte, hielt er in der Hand. Wandleuchten verstreuten gedämpftes Licht. Wieder war da dieser betörende Duft nach Blüten und unbekannten Wohlgerüchen, romantische Musik klang leise aus einer unsichtbarer Quelle. Verwirrt blickte Lorenz um sich. Da trat Karoline in das Zimmer. Ihre dunklen Haare fielen offen bis auf ihre Schultern. Sie trug irgendetwas Zartes, Bodenlanges, das aber ihre Figur durch den Stoff schimmern ließ, etwas, das nur ganz locker auf ihren Schultern und Brüsten lag, einen Hauch von

Etwas, den man schon davon gleiten spürte, bevor man noch daran rührte. Alles, was sich Lorenz vorgenommen hatte zu sagen, sank wieder auf den Grund seiner Zunge zurück und er brachte mit belegter Stimme nur „Guten Abend" und „Wie wunderschön Sie sind" hervor, wobei er seine Rose in stummer Anbetung wie ein wertvolles Geschenk präsentierte. Aber die Stummheit seiner Zunge wurde durch das Glänzen seiner Augen wettgemacht, durch seinen bewundernden Blick, in ihm sah man die ganze Faszination, die er spürte, sein Begehren und das Verlangen, diese Frau in die Arme zu nehmen.

Karoline brachte zwei Gläser. „Es ist nur ein leichter Cocktail, der ist nicht so schwer wie der Wein gestern. Man sollte seine Sinne nicht zu sehr benebeln, sondern sie offen halten für andere Genüsse." Sie lächelte ihn fröhlich an. Lorenz wusste nicht, welches Spiel sie mit ihm spielte, aber er spürte, dass es ihr Spiel war und er nach ihren Regeln agierte. Sie nahmen in bequemen Fauteuils Platz, plauderten, nippten an ihren Gläsern und hielten einander die ganze Zeit gegenseitig mit ihren Augen gefangen. Die Musik wurde immer romantischer. „Tanzen Sie?", fragte sie nach einer Weile und nickte ihm aufmunternd zu. Ein langsamer Foxtrott klang aus dem Hintergrund. Lorenz erhob sich folgsam, verbeugte sich und nahm sie in seine Arme.

Da war sie nun, die Nähe, die er sich gewünscht hatte. Ganz leicht lag sie in seinen Armen und ließ sich von ihm führen, schmiegte sich an ihn, gab sich dem Rhythmus der Musik hin mit weichen Bewegungen, die wie Liebkosungen waren. Alles um sie versank wie im Nebel und wurde gegenstandslos. Da waren nur sie beide und die Faszination des Augenblickes. Das Spüren des Atems als ein Hauch von Berührung auf der Wange, der gemeinsame Pulsschlag von Herz und Begehren ließ den Funken überspringen und entzündete die Flamme der Sinnlichkeit. Der Raum dehnte sich, die Zeit wurde weit, zerteilte sich und stand für eine Weile still. Sie tanzten hinein in die Zeitlosigkeit, zu ihrem eigenen Stern in der Unendlichkeit. Dem Flügelschlag der Verzauberung vertrauten sie sich an, der sie hintrug zu diesem Fest der Sinne, zu ihrem Fest, das auf sie beide gewartet hatte.

Als die Zeit wieder weiterging, sah sie die beiden aneinandergeschmiegt in zärtlicher Vertrautheit. Die Stille des Glückes zog durch das Zimmer. Das Flackern der Kerzen erhellte die Schatten in den dunklen Winkeln des Zimmers, die Falten in den zerknitterten Laken wurden zu einer sanften Landschaft. Der Kerzenschimmer streifte über die weichen Gesichtszüge und runden Schultern der Frau. Wie hindrapiert mit fließendem Schwung lagen die abgestreiften Hüllen. Sein starker Arm lag wie ausruhend, aber auch besitzergreifend auf ihrer Hüfte.

Eine Nacht in einer üppigen Oase mit duftenden Blüten und süßen Früchten, mit seidenen Laken und weichen Decken, mit sprudelnden Quellen, Palmen und prachtvollen Sträuchern. Prallgefüllte

Körbe mit orientalischen Köstlichkeiten luden zum Genuss. Die fernen Geräusche draußen, aus der unbekannten Wüste, wo vielleicht Kamelkarawanen am Horizont im Mondlicht vorüberzogen, wurden von den beiden Liebenden nicht wahrgenommen. In ihrem Herzen fand sich nur der Klang des süßen Flötenspieles, das einschmeichelnd und ein bisschen wehmütig mit dem Zirpen der Zikaden in der Sommernacht wetteiferte. Ist so eine Nacht wiederholbar, oder scheitert alles Weitere an der Einmaligkeit des Erlebten?

Scheherazade erzählte ihre Geschichten. Jede Nacht eine andere, jede Nacht eine spannende, so interessant, dass der Herrscher des Reiches der nächsten Nacht entgegenfieberte, weil er nicht genug von diesen wunderbaren Geschichten bekommen konnte. Geschichten erzählen, um dem Tod zu entgehen, dem Tod des Nicht-mehr-geliebt-Werdens. Geschichten erzählen – nicht nur mit Worten, mit allen Mitteln der Verführung und der Fantasie, mit geheimnisvollen Lächeln und verhaltenen Gesten, mit geschmeidigen Bewegungen und einem Körper, der das Gefühl gab, bei aller Hingabe noch ein Geheimnis zu bewahren, das zu entdecken sich lohnte. Die Geschichten waren gesponnen aus zarten Fäden, aus Düften von Blumen und betörenden Parfums, entliehen den Wohlgerüchen Arabiens, sie waren erhellt durch das Flackern von Kerzen und verbrämt mit kühler Seide, die sanft von einer Schulter glitt, mit zarten Bändchen und einem Hauch von Spitze auf samtigseidiger Haut.

Und Karoline erzählte ihre Geschichte, fast ohne Worte, nur mit der einen oder anderen kurzen Andeutung. Sie erzählte sie mit ihren vor Zärtlichkeit überquellenden Händen, mit ihren vor Erstaunen weiten Augen, mit ihrer nach Berührung lechzenden Haut. Es war die Geschichte einer Frau, die sich lange in sich selbst eingeschlossen hatte, der eine Ernsthaftigkeit aufgedrängt worden war, die gar nicht in ihrem Wesen lag. Es war eine Geschichte von überwundener Einsamkeit und von jahrelangem Gang durch die Wüste einer verdorrten Ehe, in der jegliche Romantik unerwünscht, jegliche Koketterie verpönt war. Nun strömte aus einem tiefem Brunnen, von dem sie selbst geglaubt hatte, dass er schon lange versiegt sei, all die aufgestaute Zärtlichkeit, all der Überschwang von Gefühlen, von Fantasie und Romantik. Das Nichterlebte wurde endlich Wirklichkeit.

Nächte mit neu erfundenen Zärtlichkeiten, mit verspielten Bewegungen, mit jungem Lachen und glückstrahlenden Augen, Nächte in den lichten Höhen des Glückes, im Schweben der Verliebtheit, im Jubel ihres Sinnestaumels – das waren die nächsten Wochen für sie beide. Die Nächte gehörten ihnen. An den Tagen fand das normale, bisher gelebte Leben statt, und dieses Märchen, in das man jede Nacht hineinschlüpfte, war bei Tageslicht so unwirklich und unvorstellbar wie es eben Märchen sind.

Die Geschichten von Scheherazade-Karoline beinhalteten viele Zutaten. Es gab Leckerbissen für den Gaumen, kleine Köstlichkeiten, liebevoll zubereitet mit dem dazupassenden Getränk, festlich serviert, mit dem Klang von zarten Gläsern, es gab Leckerbissen für das Gehör, romantische Musik, eine kleine Serenade oder eine schicksalsvolle Opernarie und es gab Leckerbissen für Herz und Seele, manchmal las ihm Karoline mit ihrer wohltönenden Stimme eine kurze Geschichte vor oder auch ein besonders schönes Gedicht. Sie verstand es, den Augenblick zu zelebrieren.

Wenn er dann gehen musste, steckte sie ihm oft kleine Briefchen zu, eine Wegzehrung bis zum nächsten Wiedersehen nannte sie das.

„Weiße Wolke grüßt blaues Himmelsmeer, in dem sie versinken möchte." –

„Es gibt vielleicht graue Tage, aber keine grauen Nächte. Und auch wenn Nächte schwarz sind, dann sind sie – seit es dich für mich gibt – leuchtend schwarz und geschmückt mit glitzernden Diamanten." –

„Ich danke dir dafür, dass ich so jung sein darf, dass es Frühling ist mitten im Herbst."

Dann fand er eines Tages einen längeren Brief in seiner Jackentasche:

„Gespiel meiner Sinne,
Entfacher meiner Leidenschaft,
Meister der Lust meines Körpers,
Fremdling im Land meiner Seele –
Wie wirst du mich halten, wenn das Verlangen
unserer Körper nachlässt?
Wo wirst du dann deinen Anker werfen in der
Dunkelheit unserer Empfindungen,

an welche Saite meiner Seele wirst du rühren, damit sie klingt, damit du mich vernimmst,
und an welchem Klang deiner Tiefen werde ich dich erkennen?
Werden wir uns dann finden, wenn die helle Sonne der Alltäglichkeit über unsere Nächte hereinbricht?
Willst du mich überhaupt suchen, mich erkennen im Tageslicht der täglichen Mühsalen?
Ist das unser Ziel,
oder wollen wir nur den Augenblick auskosten?
Auch ich bin eine Unkundige in den Tiefen deiner Seele.
Und doch ist dieser Liebeswahn, in dem wir leben, die vollkommene Glückseligkeit.
Wir wollen nicht denken, sondern die Liebe genießen solange sie uns hold ist."

Glücklich machten ihn diese Zeilen, aber auch verwirrt. Was antwortet man auf so einen Brief? Jedenfalls nichts, das man mit fließenden Worten sagen konnte. Die vertraute Nähe in der Dunkelheit, vielleicht eine knisternde Kerze, ein gestammelter Satz, eine Gegenfrage, die unbeantwortet in der Luft hängen blieb, ein Fragezeichen, über das man erst nachdenken musste, und eine alles andere auslöschende Umarmung waren so etwas wie eine vage Antwort.

Die Wochen wurden zu Monaten, und dieser verzaubernde Taumel hielt ungebrochen an.

„ES WÄRE SCHADE GEWESEN, DICH ZU VERSÄUMEN", sagte sie einmal, eng an ihn geschmiegt, „ich hätte nicht gewusst, wie schön

Liebe sein kann. Es ist wunderbar, das Leben so intensiv zu spüren, alle Glückseligkeit auf Erden auszuschöpfen. Nun muss ich keine Angst vor dem Tod haben, denn ich habe das Schöne im Leben erlebt, und ich muss keine Angst vor dem Alter haben, denn ich habe noch einmal intensiv die Jugend genossen." – „Das klingt wie Abschied", bemerkte Lorenz, „wir haben noch alles vor uns". Ihre Stimme klang etwas wehmütig, als sie sagte: „Das weiß man nie, man muss immer in der Gegenwart leben und nicht auf die Zukunft warten, damit man nicht das Leben versäumt. Deshalb ist das Jetzt so schön, weil wir es ganz auskosten."

Dann holte sie ein kleines, zerlesenes Büchlein aus einem Stapel von Büchern hervor, blätterte kurz darin, ein vages Lächeln huschte über ihr Gesicht, und dann erklang ihre klare Stimme:

„Christian Morgenstern sagte es so:

Jetzt bist du da, dann bist du dort.
Jetzt bist du nah, dann bist du fort.
Kannst du's fassen? Und über eine Zeit
gehen wir beide in die Ewigkeit
dahin – dorthin. Und was blieb?
Komm, schließ die Augen, und hab mich lieb!"

Die Nächte reihten sich aneinander, von den Tagen unterbrochen, viele Male und immer wieder. Tausendundeine Nacht ist eine lange Zeit. Aber manchmal dauern Märchen nicht so lange, manchmal werden sie früher beendet.

Eines Tages kam ein Anruf von Karoline: „Bitte komme heute nicht. Ich kann jetzt nicht sprechen, aber ich rufe dich morgen an." Als Lorenz dann an ihrem Haus vorbeifuhr, sah er einen silbergrauen Mercedes neben dem Kleinwagen von Karoline in der offenen Doppelgarage stehen. Er wusste sofort, was das zu bedeuten hatte – der Herr des Hauses war zurückgekommen. Vielleicht war er auch nur gekommen, um eine endgültige Trennung zu verlangen, die Scheidung zu besprechen, redete sich Lorenz ein. Vielleicht war Karoline bald eine freie Frau und man konnte herausfinden, was das mit der hellen Sonne der Alltäglichkeit auf sich hatte. Am nächsten Tag meldete sich Karoline und sie trafen sich im Kaffeehaus. Sie wirkte müde und unruhig. „Er ist zurückgekommen", sagte sie und schaute Lorenz mit weiten Augen an. „Aber du wirst doch nicht wieder mit ihm leben wollen, nach alldem was geschehen ist", antwortete Lorenz und griff nach ihrer Hand. Karoline senkte ihren Blick und schwieg. „Man kann 25 Jahre nicht so einfach vom Tisch wischen. Er bedauert, was er getan hat und bemüht sich sehr um Wiedergutmachung. Ich kann nicht einfach vor allem davonlaufen, und ich kann ihn nicht im Stich lassen, er hat auch gesundheitliche Probleme."

„Und wir beide? Was ist mit unserer Liebe, bedeutet dir das nichts?", drang Lorenz in sie. Karoline seufzte. „Das ist es ja, eben das. Was ich mit dir erlebt habe, war das Schönste, was mir in meinem Leben widerfahren ist. Es war ein Märchen. Aber Märchen haben keinen Platz in der

Wirklichkeit. Oder glaubst du, dass wir das in alle Zeit hinein fortsetzen können, diesen Rausch der Gefühle? Wir würden zusehen müssen, wie unser romantisches Märchen an der Alltäglichkeit stirbt, wir würden es totleben, würden es zerstören durch Gewöhnung und Wiederholung. Ich will es aber bewahren in mir. In meinem Herzen wird es fortbestehen bis ans Ende meiner Tage, und ich werde nie aufhören dich zu lieben. Und sollte ich in meinen alten Tagen gelähmt im Rollstuhl sitzen, werde ich noch immer die Schauer spüren, die deine Hände auf meiner Haut hervorgerufen haben, und niemand wird wissen, weshalb ich selig lächle." – „Ich will nicht an ferne Tage im Alter denken, ich will jetzt mit dir zusammen sein. Ich kann mir ein Leben ohne dich gar nicht mehr vorstellen. Wie willst du wieder in dein früheres dürres Dasein zurückkehren, wie soll das gehen?", fragte Lorenz mit eindringlicher Stimme.

„Das Leben wird sein, wie es immer war – man wandert durch die Wüste und wenn die Sandstürme toben, träumt man von der Oase. Aber nun habe ich diese Oase in mir, und niemand kann sie mir jemals wieder wegnehmen."

Sie redeten noch lange, aber Karoline hatte sich für ihren Mann entschieden, und als sie sich verabschiedeten, konnten sie beide fast nicht sprechen, und mit Mühe hielten sie die Tränen in ihren Augen zurück, solange sie sich gegenüberstanden. Dann schritten sie beide in eine andere Richtung davon.

Das helle Tageslicht des Lebens hatte die Schleier der Träume zerrissen. Und Lorenz hatte das schreckliche Gefühl, eine wertvolle Stradivari einem überlassen zu müssen, der nur Hackbrett spielen konnte. Scheherazade hatte aufgehört Geschichten zu erzählen. Plötzlich war ihre Stimme verstummt, die Flötenmelodie verklungen, die Blüten waren im Winde verweht. Der abgedankte Herrscher des Reiches senkte in Trauer sein Haupt.

SCHLUSS

IM BLUMENGARTEN DER LIEBE WAREN IMMER BLÜTEN ZU FINDEN.

Die Zeit, die unbestechliche Wärterin über unser Leben, war unbeirrt weiter geschritten. Sie hatte alle Tage mitgenommen, die guten, die weniger guten und auch die, die man kaum bemerkt hatte. So waren die Jahre vergangen.

Theresa und Martin hatten geheiratet, lebten in einer eigenen Wohnung und hatten schon ihr erstes Baby. Fallweise kamen sie zu Besuch. Hanna besuchte die Maturaklasse und war voll mit Plänen für die Zukunft. Nächstes Jahr würde sie von zu Hause weggehen, um zu studieren. ‚Es wird still werden im Haus', sagte sich Lorenz. ‚Aber Stille ist etwas sehr Schönes, dann kann man ungestört nach innen blicken, dann kann man sein ganzes Leben, dieses reiche Leben mit all seinen vergangenen Tagen, hervorholen und vor sich ausbreiten.'

Lorenz war gerne und oft alleine. Dieser fallweise Rückzug in die Einsamkeit, in das selbst gewählte Alleinsein mit sich selbst war eine beglückende Erfahrung, ein Bewusstwerden des inneren Reichtums, den man sich im Laufe seines Lebens erworben hatte. Es war das weite Land seiner Erinnerungen, das er dann betrat, in denen er die Kostbarkeiten seines Lebens wieder traf, eine geheime Schatzkammer mit so mancher Sternstunde.

‚Vielleicht ist es aber doch ein Mangel an Gegenwart‘, fragte er sich, ‚der mich veranlasst, die Erinnerungen zu polieren, bis sie glänzen und ihren Schein der Kostbarkeit auf mich werfen, damit mir in diesem Licht auch mein gegenwärtiges Leben wertvoll erscheint? Vielleicht schmücke ich die täglichen harten Schritte des Lebens mit Vergangenheitswölkchen, um nicht in die Zukunft blicken zu müssen, vielleicht sehe ich in die falsche Richtung?‘

*

Ein angenehmer Spätsommernachmittag mit milder Luft und schon kühlen Schatten lag über dem Land. Lorenz saß an einem Tisch in einem Straßencafé. Er hatte einige Besorgungen gemacht, ruhte sich ein wenig aus und trank einen Kaffee. Er beobachtete die Leute, wie sie eilig dahingingen, manche auch müßig schlenderten, er blickte in sorgenvolle, verkniffene Gesichter oder in fröhliche und unternehmungslustige, manche waren so verschlossen, dass man nicht hineinsehen konnte. Immer öfter gab er sich in letzter Zeit dem Genuss hin, Menschen zu beobachten und sich Gedanken über sie zu machen, vielleicht weil es nun in seinem Leben viel stiller geworden war als in früheren Jahren.

Dieses der Vergangenheit Nachhängen ist eine Alterserscheinung, dachte er und lächelte wehmütig in sich hinein. Vielleicht ist es auch der beginnende Herbst, den man jetzt schon an den Abenden und am Morgen spüren kann. Die Schatten werden länger, die Luft wird kühler, die Feuchtigkeit hängt sich in die dunklen Winkel. Die Blumen verblühen. Ein Seufzer folgte diesen Gedanken.

Aber schon straffte er seine Schultern, und er richtete sich in seinem Sessel zu einer geraden Haltung auf. ‚Was soll das mit den Gedanken an das Welken der Blumen‘, sagte er sich, ‚die Zeit der Schneeglöckchen und duftenden Veilchen war zweifellos vorbei. Aber noch standen Sonnenblumen in den Gärten und so manche späte Rose hielt stolz ihren Blütenkopf in die Spätsommersonne und trieb sogar noch frische Knospen. Es lockte noch immer der Duft der Sommerblumen. Auch würden später noch Astern und Herbstzeitlosen blühen, bevor der Sturm endgültig die Blütenblätter davon wehen würde. Aber diese Zeit war noch lange nicht gekommen.‘

Wolken zogen über die Sonne und Lorenz spürte einen kühlen Schauer über den Rücken laufen. Er bezahlte und verließ das Lokal. Gemächlich schlenderte er durch die Straßen und ließ sich dahintreiben zwischen all den anderen Leuten.

In Gedanken versunken ging er dahin.

DA SAH ER SIE.

PLÖTZLICH WURDE ES HELL, STRAHLENDES SONNENLICHT LEGTE SICH ÜBER DIE STADT. DER PLATZ WURDE WEIT, DIE HÄUSER WAREN AUS ELFENBEIN GESCHNITZT MIT PORTALEN AUS PERLMUTT UND JADE.

Der Himmel, der sich darüber spannte, war ein leuchtender Aquamarin, Goldstaub flirrte in der Luft. Alle Menschen rückten in den Hintergrund, sie wurden verschwindend klein und unbedeutend. Nur die eine Frau vor ihm, dieses bezaubernde Wesen, nahm ihn gefangen mit eindringlicher Wirklichkeit. Der Duft von Rosen war auf einmal zu spüren.

Knapp vor ihm ging eine hübsche Frau, die in ein Schaufenster blickte, sich dann abwandte und mit federnden Schritten vor ihm herschritt. Er hatte gerade noch ein hübsches Profil erblickt, nun sah er von hinten ihre rotbraunen Haare und eine wohlgeformte Figur. Ihre schlanken Beine steckten in hübschen Schuhen mit halbhohen Absätzen, und es faszinierte ihn die Art, wie sie beim Gehen die Beine voreinander setzte. Auch die Bewegungen ihres Körpers, ihrer Arme und Hände zogen ihn in ihren Bann, und er konnte nicht anders als ihr zu folgen...

Noch blühten die Blumen. Und IM BLUMENGARTEN DER LIEBE WAREN IMMER BLÜTEN ZU FINDEN, solange es einen Gärtner gab, der sie liebevoll pflegte, sie bewunderte und sich an ihnen erfreute.